내일도 목련하렴

꽃 피는 봄날, 나답게 걷기로 했다

내일도 목련하렴

초 판 1쇄 2024년 05월 29일

지은이 임예원
펴낸이 류종렬

펴낸곳 미다스북스
본부장 임종익
편집장 이다경, 김가영
디자인 임인영, 윤가희
책임진행 이예나, 안채원, 김요섭, 임윤정

등록 2001년 3월 21일 제2001-000040호
주소 서울시 마포구 양화로 133 서교타워 711호
전화 02) 322-7802~3
팩스 02) 6007-1845
블로그 http://blog.naver.com/midasbooks
전자주소 midasbooks@hanmail.net
페이스북 https://www.facebook.com/midasbooks425
인스타그램 https://www.instagram.com/midasbooks

© 임예원, 미다스북스 2024, *Printed in Korea*.

ISBN 979-11-6910-664-1 03810

값 17,500원

미다스북스는 다음세대에게 필요한 지혜와 교양을 생각합니다.

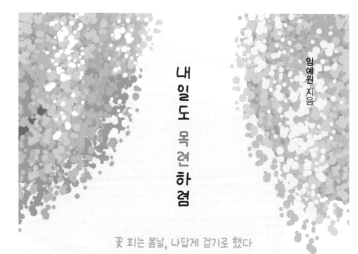

내 일 도 목 련 하 렴

임예원 지음

꽃 피는 봄날, 나답게 걷기로 했다

미다스북스

나를 만나는 시간

다섯 살 무렵 아빠가 크게 다치셨다. 의료보험도 없던 시절이라 부모님은 서울에 사둔 집을 팔아야 했다. 엄마는 집 판 돈을 아빠 수술비로 사용했고 그날부터 우리 다섯 식구는 바닷가 마을에서 홀로 사시는 외할머니 집에 들어가 살았다. 할머니 집은 방이 세 개라 나는 할머니와 같이 잤다. 그렇게 5년을 할머니와 살을 붙이고 살다 보니 자연스레 삶을 바라보는 시선이 할머니와 비슷해져 갔다. 나도 모르게 노년의 삶을 늘 염두에 두었던 것 같다. 때로 할머니처럼 관조적으로 생을 응시하기도 했다.

어느 날 할머니는 쪽 찐 머리를 싹둑 자르고 뽀글이 파마를 하셨다. 어색한 파마머리로 쪼그려 앉아 담배를 태우셨다. 하얀 담배 연기는 흰 파마머리와 뒤섞여 할머니를 뒤덮었다. 금세 담배 연기는 사라지고 세상의 상념을 떠나보내는 듯한 할머니의 얼굴이 보였다.

연세가 팔십에 가까우셨던 할머니는 무슨 생각을 하셨던 걸까? 나도 노인이 되면 흰머리를 파마하고는 담배를 태우며 시름을 떠나보내게 될까? 나는 담배를 태우지는 못하니 머리는 뽀글거리고 얼굴은 쭈글쭈글한데 쪼그려 앉아서 무얼 할까? 상념 가득한 표정으로 책을 볼까? 그래, 책을 보다가 글을 쓰고 옆구리에 노트를 끼고 걸어야지. 혼자 미래의 내 모습을 상상한 적이 있다. 그때부터 내가 노인이 되면 걷고, 읽고, 쓰면서 사는 모습을 무의식에 한 장면으로 그려 놓았던 것 같다.

인생의 후반부는 걷고, 읽고, 쓰자고 마음먹었다. 가장 돈이 안 들어 경제적이면서 환경친화적이기도 하다. 또 뭔가 고독해 보이는 이 세 가지는 왜인지 지속 가능할 것 같았다. 그런데 마음만 먹었다. 마음먹은 생각을 몸으로 옮기는 데에는 꽤 오랜 시간이 걸렸다.
지난겨울에 읽은 동화 『몬스터 콜스』에서 몬스터가 열세 살의 코너에게 이렇게 말하는 부분이 있다.

"삶은 말로 쓰는 게 아니다. 삶은 행동으로 쓰는 거다.
네가 무얼 생각하는지는 중요하지 않다. 오직 네가 무엇을 하느냐가
중요하다."

— 패트릭 네스, 『몬스터 콜스』, 웅진주니어

몬스터가 내게 하는 말 같아서 뜨끔했다. 말과 생각만이
아니라 이제는 진정 행동하기로 결심했다. 새로운 봄이 되고
드디어 걷기, 읽기, 쓰기를 시작했다. 하지만 작심삼일이라
는 말이 나를 두고 생긴 말인 듯, 정말 삼 일이 지나니 내 의
지가 희미해졌다. 이번만은 흐지부지하게 끝내고 싶지 않았
다. 작심의 작심을 거듭해서라도 반드시 습관으로 만들고 싶
었다. 혼자의 힘으로는 자신이 없었다. 자력으로는 지속하기
불가능해서 매일 인증 챌린지에 참여했다.

서로 얼굴은 잘 모르지만, SNS에서 같은 목표를 이루기
위한 사람들이 모였다. 매일 아침 10분의 필사 챌린지를 하
고, 하루에 30분 이상 읽기 챌린지를 하고, 잠들기 전까지 1
만 보 걷기 챌린지 인증을 한다. 매일 자신이 수행한 것을 사
진으로 찍어 올리거나 짧은 글을 써 올리는 등 각자의 방식
으로 인증한다. 그렇게 시작한 걷기로 나는 꾸준히 한 컷 단

내일도 목련하렴

상을 기록했다.

혼자 해내기 어려운 일은 여럿이 함께 하면 된다. 작심삼일로 아쉽게 끝날 의지는 작심을 삼 일마다 하면 된다. 하고자 하면 어떻게 해서든 방법은 있기 마련이다. 그리하여 이 책도 나오게 되었다. 하고자 하는 의지 하나로.

이 책은 봄 길을 걸으며 자연을 만나고 그 속에서 나를 발견하며 끄적여 놓은 글 모음집이다. 지극히 개인적인 이야기일 수도 있다. 하지만 개인적인 이야기가 현재를 사는 보편의 이야기라 생각하기에 내 생각을 나누려고 용기를 냈다. 인생의 후반전에는 어떻게 삶을 꾸리며 살아야 할지 고민하시는 분들이 읽고 공감해 주시면 좋겠다. 또 어딘가에서 홀로 걷고 계신 분들께는 어느 한쪽에서 계속 걸으며 생각에 빠진 한 사람이 있다는 것도 전하고 싶다.

오늘도 함께 걸어요. 시간과 공간은 달라도 매일 걷고 있는 한 사람이 여기 있어요! 손 번쩍 🖐

길을 걷다
나를 만나다

길이라는 제약이 나를 이끄네

<길>

길이라는
제약이
나를 이끄네

내일도 목련하렴

화가이자 사진작가 데이비드 호크니는 이렇게 말했다.

"제한이 있다는 것은 정말로 좋은 것입니다. 그것은 자극제가 됩니다. 만약 다섯 개의 선 또는 100개의 선을 사용해 튤립 한 송이를 그리라고 한다면, 다섯 개의 선을 사용할 때 당신은 훨씬 더 창의적이게 될 것입니다."

― 마틴 게이퍼드, 『다시, 그림이다』, 키큰 땅꼬마

매년 걷기를 결심하지만, 혼자서는 의지가 자못 부족했다. 새 학년을 맞아 새롭게 의지를 다지며 매일 걷기 인증을 하는 교사동아리에 가입했다. 3월의 첫날이자 홀로 걷기의 첫날이었다. 기미년 삼일절에 민족의 독립을 외치듯, 또 다른 기미년에 태어난 나도 3월 1일에 걷기 독립을 외쳤다. 껌딱지처럼 '엄마, 엄마' 부르며 졸졸 따라다니는 어린 아들과 딸에게서 나는 하루 1시간이라는 길고도 짧은 독립을 실현하기로 했다.

새로 이사 온 동네는 집 바로 뒤에 야트막한 산이 있다. 해질 녘 1시간을 걷다 오면 하루에 만 보쯤은 걸을까 싶어 초등

학생 아들에게 동생과 잠시만 잘 있어 달라는 애원에 가까운 부탁을 하며 집을 나왔다.

무슨 일이 있으면 전화하라는 말을 남기며 나온 뒷산 둘레길에는 초입부터 갈림길이 많았다. 아파트에서 가장 가까운 길을 선택해서 둘레길로 조성된 나무데크 길을 걸었다. 나무데크 길을 다 걸어 나오니 그 끝에 흙길이 세 갈래나 있었다. 그중 하나의 길을 선택해야 했다. 산 주변에 아파트로 둘러싸인 동네에 웬 갈래 길이 이리 많은지 하나의 길 끝에 또 여러 갈래 길이 연이어 있었다. 김소월 시인의 「길」이라는 시가 입에서 절로 나왔다.

갈래 갈래 갈린 길

길이라도

내게 바이 갈 길은 하나 없소

혼자 처음 가보는 둘레길은 선택의 연속이었다. 불현듯 남편이 늘 하던 말이 뇌리를 스쳤다.

'처음 가는 동네에서 식당을 선택하려면 사람이 가장 많이

내일도 목련하렴

가는 곳을 선택해라, 그 식당에서 사람들이 가장 많이 먹는 메뉴를 골라라, 인터넷 쇼핑을 할 때는 사람들이 가장 많이 산 물건을 사라…….'

나와 성향이 정반대인 남편은 언제나 실패 없는 선택을 하려고 나름대로 철칙을 세운 듯, 선택의 순간마다 이와 같은 조언을 했다. 남편의 조언을 생각하며 세 갈래의 길 앞에서 사람들이 많이 다니는 길을 살펴보았다. 나무 계단으로 여자 두 분이 내려왔다. 왼쪽 흙길로 한 명의 남자분이 걸어갔다. 어스름한 해 질 녘 인적이 드문 시간이라 남편이 말한 '사람이 많은 곳', 대중의 선택을 나도 하고 싶었지만 대중은 별로 없었다. 그래도 그 와중에 다수의 선택을 믿기로 했다. 하나보다는 둘이 많으니 여자 두 분이 내려온 계단을 선택하여 올랐다.

남편의 조언이 옳았다. 계단 위를 올라가 흙길을 더 걸으니, 산의 정상을 알리는 듯한 정자가 나왔다. 정자로 향하는 그 길 양옆에는 새순을 기다리는 나무 두 그루가 서 있었다. 나를 환대하는 나무와 그 사이에 쭉 뻗은 길, 길 끝에 놓인 정자가 그 순간 반갑기 그지없었다.

그 길을 걸으며 호크니의 말이 떠올랐다. 제약이라는 것이 참 좋은 것이구나. 길이라는 제약이 나를 이리로 이끌었구나. 갈래 갈래 갈린 길 앞에서 내 바이 갈 길 하나를 선택하고, 또 다음 갈래 길에서 또 하나의 길을 선택하는 것, 바로 길이라는 제약이 나를 산의 정상까지 무사히 이끈 것이로구나.

어둠이 내리기 직전 처음 오르는 산속에서 길이 없다는 상상을 해 보았다. 나를 이끌어 줄 길이 없다면 산속을 헤매다 나는 끝내 집으로 돌아갈 수는 있었을까? 어린 남매가 하염없이 엄마를 기다리고 있는 모습을 떠올리니 평범한 산길 하나가 어찌나 고마웠는지 산에서 내려오면서 혼자 중얼거렸다. 괴테의 『파우스트』 마지막 장을 읽을 때의 기쁨이 겹치면서 그 구절을 가져와 보았다.

영원히 여성적인 것이

우리를 이끌어 가네.

내게는 너무 어렵고 길었던 책이다. 괴테가 60년 동안 쓴 명작 파우스트의 마지막 행을 낭독할 때 느꼈던 환희처럼, 나를 이끌어 준 산속 길이라는 제약을 통해 집으로 무사히

내일도 목련하렴

귀소할 수 있음에 기뻤다.

오늘도 길이라는 제약이 나를 이끌어 가네.

나무와 내 인생의 후반부

내일도 목련하렴

<우듬지와 그루터기>

우듬지를 보다
그루터기를 본다
이젠 나이테조차 선명치 않은
나무의 마지막에 눈길이 가네

걷기 이틀째, 낯선 길에 익숙해지려고 땅을 보며 걷고 있었다. 그러다 정상쯤에 올라왔을 때 안도의 숨인지, 가쁜 숨인지 구분할 수 없는 큰 숨을 내쉬며 고개를 쳐들었다. 가장 키 큰 나무의 꼭대기에 눈길이 닿았다. 나뭇잎이 다 떨어지고 이제 새순을 기다리는 3월의 나뭇가지는 앙상했다. 그 앙상한 나뭇가지의 끝, 우듬지에 새 둥지가 놓여 있었다. '새들은 둥지를 나무의 꼭대기에 짓나?'라는 의문을 품고 고개를 돌려 주변의 나무들을 보았다. 어쩜 하나 같이 우듬지와 가까운 곳에 새 둥지가 있었다. 그 순간 나는 새들에게 묻고 싶었다.

"너희들도 꼭대기 뷰가 대세니? 새들에게도 전망 좋은 집이 인기인 거니?"

생애 처음으로 아파트 청약에 당첨되던 3년 전이 떠올랐다. 아파트 청약 앱에 어떤 평형과 타입을 선택할지 마지막까지 고심했다. 나의 청약점수에 자신이 없어 최종적으로 비선호 타입을 클릭했다.

'하향 지원하면 고층에 당첨될 확률이 높겠지? 괜히 선호 타입을 선택했다가 아섭게 낙첨되면 어떡해.'

이런저런 묘수를 두며 선택한 아파트 첫 청약이었다. 발표 날이 되자마자 새벽녘에 비몽사몽으로 청약 앱을 열어 당첨 사실과 당첨 호수를 확인했다. '숫자가 왜 이리 적은 거지? 내가 잠결에 잘못 보았나?'라며 두 눈을 비볐다. 흔히 바둑에서 '장고에 악수를 둔다'더니, 결론적으로 묘수는 악수였다.

203호에 당첨되었다. 1203호도 아니고, 2203호도 아니고 29층까지 있는 아파트에 왜 앞 자릿수가 없는 거냐며 남편한테 알렸다. 남편은 잠결에 저층이면 저렴할 거라며 위로했다.

아쉬운 층수지만 당첨된 아파트에 계약했고, 시간이 흘러 아파트 입주가 다가왔다. 직장 문제로 그 지역을 떠나온 터라 아파트를 전세로 부동산에 내놓았다. 한 달, 두 달, 석 달을 기다려도 아무도 보러오지 않았다. 비선호 타입의 저층이라 전세가도 낮췄지만, 여전히 공실이다. 날마다 속이 쓰려왔다.

그런데 새들까지 나무 꼭대기 우듬지에 집을 짓다니, 나도 모르게 감정이입이 새들의 집으로 향했다. 나의 새집을 새의 집에 질투하고 새들을 원망하기에 이르렀다.

'너희까지 고층을 선호하는 거니? 아, 내 저층 집은 전세도 안 나가는데 서글프도다.'

그렇게 산꼭대기에 있는 나무의 꼭대기를 보며 한참 단상에 잠기다 산에서 내려왔다. 등산을 해 본 사람은 알 것이다. 아니, 등산을 안 해 본 사람도 아는 일이다. 어딘가를 오를 때는 위를 쳐다보지만, 내려올 때는 아래를 보는 게 당연하다. 산에서 내려오며 자연스레 아래를 보았다. 오를 때 보았던 우듬지에서 시선이 아래로 향하더니 나무의 그루터기에 닿았다.

'웬 산에 그루터기가 이리 많담. 나무를 많이도 베었네. 멀쩡한 나무를 베어 낸 거야? 죽은 나무를 벤 거겠지?'

혼자 중얼거리며 터덜터덜 발길을 옮기다가 시선이 닿은 수많은 그루터기가 눈에 아른거렸다. 이젠 나이테조차 보이지 않는 그루터기에 또 감정이입이 되었다. 이 그루터기들도 온 생애를 다해 가장 높은 곳까지 가지를 뻗은 적이 있었을 테고, 멋진 줄기와 잎이 무성하고 꽃과 열매가 화려했던 시절이 있었겠지? 그러면서 나의 20대와 30대가 떠올랐다. 이제는 거울도 잘 보지 않는 중년의 여인이 되었지만, 나도 한때는 젊음으로 가득했던 시절이 있었다. 아이유의 노래 가사가 마구 떠오르며 나의 씁쓸한 기분은 쓸쓸한 그루터기에 가닿았다.

나도 한때는 그이의 손을 잡고 내가 온 세상 주인공이 된 듯
꽃송이의 꽃잎 하나하나까지 모두 날 위해 피어났지

─ 아이유 〈드라마〉 가사 중에서

 지난해에 일본 영화 〈한 남자〉가 개봉했다. 내가 20대에 좋아했던 영화 〈조제, 호랑이 그리고 물고기〉의 주인공 츠마부키 사토시가 출연한 영화라 무척 보고 싶어 한참 후에 보게 되었다.
 영화의 막바지에 이르러서 주인공 키토는 조용한 바(bar)에서 한 남성을 만난다. 남성은 키토에게 나무의 수령은 어느 정도인지를 묻는다. 키토는 나무는 50년 동안 산에서 살고 50년은 사람과 함께 있다 죽는다고 하며, 자신의 나무는 자신이 심지만 자르고 나머지는 그 아들이 자른다는 대화를 낯선 남성과 나누게 된다.

영화에서 이 대사는 내가 아무리 노력해도 나의 근본인 부모님의 존재나 신분은 거스를 수 없다는 것을 의미한다. 하지만 나는 나무의 50년에 잠시 꽂혔다. 수많은 그루터기의 나이는 왠지 나와 비슷한 연배인 것 같았다.

산에서 내려와서도 수많은 그루터기가 눈에 밟혔다. 속으로 나이테를 그리며 내면의 삶을 성장시킨 나무가 이제는 나이테조차 잘 보이지 않은 채로 놓여 진 모습에 숙연해졌다. 우리 삶의 마지막에는 무엇이 남을지, 자연 속 수많은 생명체의 마지막에 내가 할 수 있는 것은 무엇일까, 꼬리의 꼬리를 무는 질문을 하며 걸었다.

나이가 들어갈수록 예전에는 돌아보지 않았던 것에 자꾸 눈길이 닿는다. 더 많은 것을 보고, 더 겸손하게 살라는 자연의 속삭임인가? 자연의 이야기를 들으러 내일도 뒷산 둘레길을 걸어야겠다.

3

나에게 아련함이란,

<아련함>

아련함은
슬픔일까?
돌아갈 수 없음
이라는 답이 슬픔이지.

아련함은
행복일까?
기억할 수 있음
이라는 답이 행복이지.

내일도 목련하렴

5도 2촌[1]의 삶을 산 지 4년이 넘어간다. 월든 호숫가의 숲 속에 집 한 채를 지어 2년 2개월을 살았던 헨리 데이비드 소로처럼 나도 자연 속에서 사는 삶을 늘 꿈꿨다. 막연했던 꿈을 코로나19 팬데믹으로 인해 좀 더 구체화하기 시작했다.

코로나19가 시작되었을 때는 아들은 세 돌이 지났고 딸은 첫돌을 갓 지났을 때였다. 남매는 팬데믹 동안 도시의 아파트에 갇혀 생활해야 했다.(남매의 이름이 '율'자로 끝나 둘을 함께 부를 때엔 투율이라 부른다) 어린 남매 투율은 어린이집에 가기는커녕 늘상 가던 집 앞 놀이터에도 가지 못했다. 어른뿐 아니라 어린이들에게도 감옥에 갇힌 듯 답답한 생활이 계속되었다. 사람과 만나는 삶 자체가 불가한 현실을 나는 중년의 나이에 만났고, 투율은 유아기에 만나게 되었다.

어린 시절에 나는 공기 좋은 곳에서 자연과 벗 삼아 신나게 뛰어놀았다. 동네에서 비석 치기, 숨바꼭질하다가 엄마가 저녁 먹으라고 크게 소리쳐야지만 놀이가 끝나곤 했다. 그에 비해 투율에게 어린 시절은 너무 삭막하고 어쩌면 가혹한 기억이 될 것 같았다.

---

1) 5일은 도시, 2일은 농촌에서 살기의 줄임말.

철근 콘크리트로 지은 아파트의 몇 동 몇 호인 도시의 집, 그 몇 평의 공간 이외의 장소에는 갈 수가 없었다. 모두 공용의 공간이었다. 우리는 도시에서 이토록 많은 부분을 공유하며 살았던가, 라는 의문이 들 정도였다. 각자도생하는 현대사회이지만, 알고 보면 많은 사람이 만나고 부대끼며 살았던 거다. 한순간에 대면하는 공동체 생활이 모두 제한되었고, 언제까지일지 기약도 없었다.

남편은 집 밖의 공간에 대해 고민했다. 당시 대부분 사람이 그러했듯이 확진자를 만나지 않는 공간이 어디일지 매일의 숙제처럼 검색했다. 호텔이나 리조트에 머물러도 코로나 19 바이러스에 노출될 수 있다는 사실을 알고 프라이빗 펜션을 알아보았다. 하지만 펜션의 가격이 문제였다. 우리에겐 한 번 가기도 비싼 가격이었고, 여러 번 방문하기에는 더욱이 부담이 컸다. 남편은 자연스레 캠프장으로 여행을 가자고 제안했다.

금세 남편은 간단한 캠핑 장비를 사고, 캠프장을 예약하려 했다. 나는 갑자기 가슴이 답답해 왔다. 남편은 육아휴직 중이었고, 내가 복직했던 상황이라 상상만 해도 피곤했다. 주중에는 출근해서 일하고 주말에는 어린 남매를 데리고 그 많은 캠핑 도구와 갖가지 짐을 싸고 풀고 하는 일련의 과정을 해낼 자신이 없었다. 그냥 한 곳에 짐을 두고 장기적으로 우리만 사용할 수 있는 공간을 고민하다 남편에게 넌지시 말했다.

"그냥 시골에 작은 땅 사서 거기서 캠핑하면 안 돼?"

나의 제안에 남편은 캠프장 예약 창을 닫고 네이버 부동산을 열어 땅을 알아보기 시작했다. 땅 구입 예산을 정해 놓고, 주말마다 그에 맞는 땅을 보러 다녔다. 평소 땅에 대한 지식이 많거나 공부를 해둔 것도 아니라 촌락의 땅을 산다는 것은 쉽지 않았다. 우여곡절이 많았지만, 포기할 때쯤 주변이 온통 산으로 둘러싸인 동네를 발견하고 작은 땅을 샀다. 그리고 우리의 자금에 맞게 아주 작은 집 하나를 지어 놓고 일주일 중 닷새는 도시에서, 이틀은 촌락에서 생활하는 5도 2촌의 러스틱 라이프를 시작하게 되었다.

시골집 근처에는 작은 분교가 하나 있다. 전교생 열 명 남짓한 작은 학교 운동장에서 가끔 투율은 그네도 타고 달리기도 한다. 추운 겨울이 마침내 끝나던 날, 오랜만에 그곳을 찾았다. 아이들은 아빠와 그네를 타고 나는 운동장 둘레를 걸었다. 하늘은 파랗고 크고 작은 산들은 첩첩이 둘러싼 아래에 흙바닥이 펼쳐진 풍광은 그저 '자연' 그대로였다. 자연 속에서 한없이 자연스러운 교정을 보고 있자니 눈가가 촉촉해졌다.

'아, 이건 무슨 눈물이지? 대체 뭘까? 슬픔일까? 기쁨일까? 행복일까?'

가슴이 벅차오르는 느낌도 아니고 슬픈 기억이 떠오르는 것도 아니고 환희의 순간도 아닌데 말이다. 천천히 운동장을 걸으며 내 안의 감정 사전을 펼치기 시작했다. 타박타박 걸으며 미세먼지 없는 맑은 하늘을 다시 보고, 구름의 모양도 보고, 저 먼데 산도 보고, 나무도 보며 내 감정은 '아련함'이라는 낱말에 멈췄다.

그렇다면 이 아련한 마음의 심상은 대체 무엇이란 말이지? 약간의 슬픔과 약간의 행복감이 공존하는 감정이었다. 감정을 자세히 들여다보니, 다시 어린 시절로 돌아갈 수 없다는 슬픔이 한편에 있었다. 내가 좋아했던 할머니 그리고 키 크고 멋있었던 아빠의 모습들, 모든 게 닿을 수 없는 곳에 있는 기억의 아련함이었다. 또 내가 뛰놀던 바닷가 동네에서 친구들과의 즐거웠던 기억이 고개를 들었다. 휴대전화 메모장을 꺼내 적었다.

아련함은 슬픔일까? '돌아갈 수 없음'이라는 답이 슬픔이지.
아련함은 행복일까? '기억할 수 있음'이라는 답이 행복이지.

매일 걸으며 먼지처럼 둥둥 떠다니는 내 안의 파편들, 흔히 잡생각이라고 하는 것들과 차분히 만난다. 발걸음을 옮길 때 공중에 부유하던 먼지 같은 감정이 하나씩 내려앉아 차곡차곡 쌓인다. 감정을 내 안의 감정 사전에 정리한다.

좋은 감정, 나쁜 감정이라는 분별없이 조금의 가치판단도 하지 않는 내 감정을 있는 그대로 담는다.

4

산에서 마주친 호랑이 눈빛

내일도 목련하렴

<호랑이의 두 눈>

어슬녘 길을 나선 나의 용기를 돌아보는 밤

아들과 딸의 공부를 봐주다 어느새 해는 지고
내 마음의 의지도 지고
매일 걷기로 한 약속을 지키지 못할 것 같은 두려움,
어스름에 갇힌 뒷산 어딘가에서 낯선 자를 만날 것 같은 두려움
이 교차한다
내 안의 두려움과 저 밖의 두려움이 교차하는 시간,
어슬녘 저녁 길
그 교차에 나는 기어코 신발을 신는다

걷다 걷다 마주치는 두 불빛에 잠시 고개를 갸웃거린다
다른 이에게는 그저 가로등 불빛이
오늘따라 내겐 산속 호랑이의 두 눈빛으로 보일 뿐
오늘 아침 아이들에게 들려준
'지리산 사냥꾼' 옛이야기 덕분에
그저 낯선 이를 만나는 두려움을 감싸줄 가로등은
호랑이를 사냥하러 간 사냥꾼의 아들이 만난 천 년 묵은 호랑이
의 눈빛으로 보인다

먼 옛날, 언제였을지도 모르는 그 옛날

올해는 4학년 담임을 맡았다. 내가 만날 11살의 아이들을 생각하며 학급경영을 하나씩 계획했다. 작년처럼 매일 아침 그림책을 읽어 줄까, 생각하다가 고학년의 첫 진입인 4학년의 특성을 고려해서 그림이 없는 책을 읽어 주기로 했다. 첫 시작으로 옛이야기를 선택했다.

매일 아침 출근하면 우리 반 아이들에게 옛이야기 보따리를 풀어놓는다. 첫날부터 하루도 쉬지 않고 매일 다른 이야기를 들려주었다. 옛이야기가 내 입에서 술술 나와 아이들을 앉혀 놓고 이야기를 들려주면 얼마나 좋을까, 라며 고민하다가 서정오 작가의 『옛이야기 보따리』라는 책을 찾았다. 책 속에 수록된 이야기를 하루에 한 가지씩 아침 활동 시간마다 딱 10분만 들려주었다.

반 아이들과 일과를 시작하기에 앞서 아침에는 스스로 읽는 독서 10분, 듣는 독서 10분이라는 활동을 한다. 초등학교에서 1년간 수업일수는 대략 190일 남짓이다. 학교에 오는 날마다 매일 아침에 10분씩 옛이야기 한 편을 읽어 준다면 1년 동안 아이들의 생각 주머니 속에 옛이야기 190개가 들어가게 된다. 상상만 해도 즐거운 일이다. 19명의 아이들 생각 주머니 속에 190개의 옛이야기를 넣어 주는 일을 생각하니 시작도 전에 신이 났다. 교사가 즐거우면 효과는 배가 된다. 게다가 스토리텔링의 기본은 이야기의 구조를 익히는 것인데, 가장 근간이 되는 옛이야기를 내가 낭독하고 아이들이 듣는 활동은 옛이야기를 공부하는 내게도 좋고 학생들에게도 좋은 일이었다.

옛이야기 중 「지리산 사냥꾼」을 들려주던 날이었다. 옛날 뒷산에 천 년 묵은 호랑이가 있었는데 용맹한 아버지가 호랑이를 잡으러 갔다가 영영 소식이 없었다. 아들은 어릴 때 아비가 없다는 놀림을 받아 기필코 아버지를 찾기 위해 산에 가겠다고 다짐했다. 글공부만 시키던 엄마도 아들의 다짐에 활쏘기 연습을 시켰다. 수련을 마치고 산으로 들어간 아들은 천 년 묵은 호랑이를 만났다. 우여곡절 끝에 수없이 연습한 활쏘기 실력으로 호랑이를 쏘아 죽이고 마을로 돌아와 행복하게 살았다고 한다.

「지리산 사냥꾼」을 들려준 뒤 학교 일을 다 마치고 퇴근했다. 집에서 아들의 공부도 봐주고, 딸에게는 한글도 알려주며 엄마표 공부로 도와주었더니 바깥이 어둑해졌다.

"오늘도 1만 보는 걸어야 하는데, 어쩌지?"

혼잣말 같은 내 말에 아들이 흔쾌히 다녀오라고 했다.

투율에게 인사하고 얼른 집을 나왔다. 뒷산 둘레길에 도착하니 이미 어둑해졌다. 오늘은 산꼭대기로 가지 말고 둘레길만 조금 걸어야겠다고 생각하며 사람들이 다니는 길을 따라 걸었다. 고개를 들어 산꼭대기 쪽을 바라보는데 불빛 두 개가 보였다. 아침에 읽은 천 년 묵은 호랑이의 눈빛인가, 나의 상상은 천 년 묵은 호랑이가 뒷산에 살았던 천 년 전쯤의 세상으로 향했다.

불과 100년 전쯤 일제에 의해 우리나라 호랑이가 멸종되었으니, 100년 이전에는 산에서 호랑이를 만났음 직했다. 그때는 산에서 마주치는 호랑이가 무서웠겠지만, 지금이야 어두운 길에서 만나는 낯선 사람이 가장 두렵지 않을까? 산 중 호랑이보다 산 중의 인적을 경계해야 하는 지금이 조금 쓸쓸하기도 하다.

이렇게 그날 아침의 이야기에 따라 하루의 생각이 달라진다. 우리 반 아이들도 그러할 것이다.

영국의 새뮤얼 존슨이라는 시인은 '현재는 순식간에 지나가기 때문에 과거나 미래와 연결 짓지 않고는 아무 생각도 할 수가 없다.'라고 말했다.

아이들이 살아갈 미래를 과거와 연결 지으며 살아가는데 선생님이 들려주는 옛이야기가 조금이나마 보탬이 되었으면 좋겠다. 먼 훗날, 언젠가 선생님이 던져준 이야기 씨앗이 싹을 틔워 그대들 안에서 무럭무럭 자라나길 바란다.

5

산모롱이를 지나면 누구를 만날까

내일도 목련하렴

\<산모롱이\>

산모롱이를 돌면 누가 나타날꼬
아무도 없는 산길
혼자 중얼거리는 사람이 있네
바로 나
아이들과 있었던 일을 복기하는
오늘만큼은 참 교사

산길을 걸을 땐 의도적으로 아무것도 듣지 않는다. 하루 종일 교실에서 듣는 아이들의 소리와 집에서 듣는 남매의 소리에 내 귀는 쉴 틈이 없다. 고요한 뒷산 둘레길에서만은 귀를 쉬게 해주고 싶었고, 자연의 일원인 나에게 자연이 내는 소리에 귀 기울이게 해주고 싶었다.

한참을 걷다 보면 자연의 소리보다 어느새 내면의 소리를 듣고 있다. 나도 모르게 혼자 중얼거리는 경지에 도달한다. 자연 속에서 의식과 무의식의 경계를 오가며, 불시에 내 의식의 가장 아랫부분에 있는 무의식 세상을 조용히 탐험한다.

혼자 걸으며 탐험하는 세계는 먼저 가장 최근의 일들인 교실 속 세상이다. 오늘 있었던 일을 일기 쓰듯이 되짚어 본다. 초임 시절 1학년 담임을 맡았을 때 우리 반 말썽꾸러기들이 밤마다 내 꿈에 출연해서 나를 그렇게 쫓아다니더니, 20년이 넘은 경력에도 퇴근 후에 여전히 우리 반 아이들과 있었던 일을 복기하고 있었다.

사실 나는 스스로 학교 부적응자라고 생각하며 살았다. 교직에 대한 적성과 자질에 대한 내적 갈등이 계속 있어 왔다. 교사는 매년 교육 과정을 새로 짜고 학급경영을 해내며, 맡은 업무를 신속 정확하게 처리해야 한다. 또 관리자와 동료 교사와도 무리 없이 지내야 하고, 학부모와 학생과의 관계도 원만해야 하며 무엇보다 수업도 잘해야 한다. 이 중에 무엇 하나라도 어긋나거나 잘 해내지 못했을 때 교사들은 외부의 질타로도 힘들고, 자신을 향한 자책으로도 괴롭다.

이런 이유로 퇴근하면 되도록 학교 일을 생각하지 않으려 고 애썼으며, 또 실제로 교문을 나가는 동시에 '일과 나와의 분리'가 잘된다고 자부하며 지냈다.

하지만 그 생각이 무색하게도 내 무의식은 정반대였다. 학 교에서 있었던 일, 교실에서 발생하는 크고 작은 사건들을 무의식적으로 복기하고 있었다. 의도치 않은 복기다. 교직이 적성에 맞아서 참된 교사로서 학교 일을 되돌아보며 계획적 으로 하는 성찰이 아니었다.

봄 길을 걷다 저도 모르는 사이에 혼자 중얼거리는 나,

교직이 적성에 맞지 않다고 말하면서 주어진 일에는 책임 을 다하는 나,

일과 나를 분리했다고 자부하지만 언제나 일의 연속성에

머물러 있는 나,

　몸은 교실에 있지만, 가끔 마음은 세계 여러 곳을 누비고 있는 나,

　현실을 살면서 머릿속에는 비현실적인 공상과 상상으로 가득 찬 나,

　이렇게 수많은 괴리감 속에서 사는 나를 혼자 봄 길을 걸으며 인식하고 있었다.

　사람은 의식하는 대로 살아가다가 가끔 무의식을 만날 때가 있다. 술에 취했을 때, 긴장이 풀렸을 때, 비몽사몽의 잠결에 예상치 못한 자아를 만나고, 가끔은 꿈나라에서 생각지도 못한 경험도 한다.

　빛이 있으면 그림자가 있기 마련이다. 마찬가지로 우리의 내면에도 그림자가 있다고 생각한다. 누구에게나 감추고 싶은 치부나 트라우마가 그것이다. 건강한 사람은 자기 내면의 그림자와 함께 잘 살아간다고 한다.

　나에게도 나만 아는 치부가 있고 트라우마가 있다. 육아우울증이 찾아왔을 때는 그림자가 나를 잠식하기도 했다. 그

림자를 떼어 내려고 애쓰다가 독서를 취미로 삼게 되었고 점차 감정과 생각이 정리되면서 그림자와 적정한 거리를 찾게 되었다. 그리고 혼자 걷기 시작하며 내면의 그림자와도 함께 잘 걸어가야겠다고 다짐했다.

돌이켜 보니, 참되고 훌륭한 교사라는 높은 기준의 이상적인 교사상을 세워두고 거기에 미치지 못할 게 뻔하니 스스로 교직이 적성에 맞지 않는다고 생각했다. 또 퇴근 후에는 학교를 생각하지 않을 거라고 회피 방어기제를 사용하곤 했다. 교직 경력 20년이 지나서야 비로소 내가 부족한 부분을 인정하며 나만의 참된 교사의 길이 무엇인지 자문하기 시작했다.

교실이라는 곳은 매 순간 배움이 일어나는 장소이다. 그 말은 교사는 매 순간 학생들을 관찰해야 하며, 많은 갈등 속에서 끊임없이 현명한 대처를 도모해야 한다는 의미다. 교실 안에서의 배움은 빈틈없이 일어나기에 교사의 무의식에서도 교육은 쉴 틈 없이 일어난다.

밑 빠진 독에 물을 부으면 물 붓기가 무색하게 물은 다 빠져나간다. 밑 빠진 독에 물을 채우는 가장 현명한 방법은 물이 가득한 강물이나 바다에 '밑 빠진 독' 자체를 넣어 버리는 거다.

빈틈 많은 나를 교육이라는 바다에 넣어 버리듯이 삶 곳곳을 모두 '교육'으로 채우고서 교직을 좀 더 즐긴다면, 빈틈없이 행복한 교사가 되지 않을까?

오늘도 나는 산길을 걸으며 우리 반 아이들과 대화한다. 오늘 누구에게 이렇게 말해 줄걸, 그때 이렇게 말했다면 어떻게 되었을까, 다음에 저 친구에게 저렇게 말해줘야지 등 끊임없이 복기하는 나를 발견한다.

학급 아이들을 위해 그리고 나를 위해 더 나은 상황을 만들고 더 좋은 대화를 나누고 싶은 오늘만은 내가 참 교사다.

6

숨은 자연 찾기

<숨은 자연 찾기>

달님, 까치, 둥지, 비행기
땡!
비행기 ×
하늘, 바람, 나무, 노을, 초승달, 둥지, 까치 ○

내일도 목련하렴

요한 호이징하는 1938년에 『호모 루덴스(Homo Ludens)』을 출간하며 '놀이하는 인간'을 호모 루덴스로 칭했다.

인간은 누구나 유희를 즐긴다. 특히 어린이들은 놀이의 특권층이라고 해도 좋을 만큼 놀이를 좋아하고 또 놀아야만 잘 성장한다. 우리 집 남매 투율도 매일 잠들기 직전까지 논다. 공놀이, 물놀이, 모래놀이 같이 몸으로 하는 놀이뿐 아니라 가만히 앉아서도 그림 그리기, 미로 찾기, 숨은그림찾기, 끝말잇기, 스무고개 등 수도 없이 놀이한다.

요즘 독서하는 모습을 투율에게 많이 보이지만 사실 나도 놀이를 좋아한다. 어려서는 동네 친구들과 고무줄놀이부터 공기놀이, 딱지치기, 연날리기 등 안 해 본 놀이가 없다. 성인이 되고서는 여러 명이 함께 어울리는 것을 좋아해서 보드게임도 즐겼다. 가끔 혼자 있을 때는 멍하니 바다도 보고, 산도 보며 자연과 놀았다. 화려한 컴퓨터 화면에 효과음이 잔뜩 들어간 게임보다 고요하고 자유로운 자연에서 노는 게 좋았다.

둘레길을 걷는 시간은 노을이 퍼지는 시간이다. 오늘도 자연과 놀아 볼까? 하늘을 쳐다보며 숨은 자연 찾기 놀이를 해 본다.

　고개만 돌려도 보이는 풍경 속에서 사람 손이 스치지 않은 흔적이 없다. 땅에서 멀어질수록 사람 손이 안 닿지 않을까 하여 더 높이 고개를 쳐든다. 하늘과 산 바탕에 갖가지 자연이 다 있다. 하지만 그 속에 자연처럼 숨어 있는 인공의 무엇이 있다. 숨은 자연 찾기, 숨은 인공 찾기를 해 볼까?

　비행기가 손에 닿을 듯한 동네에서 산 지 1년이 되었다. 인근의 다른 동네에서도 살아 보았지만, 비행기 길을 살짝 비켜 간 곳에서만 살았다. 새로 이사 온 동네는 착륙하려는 국내선 비행기가 바로 머리 위로 지나가는 곳이다.

　여름날 문을 연 채로 창밖을 보니 비행기가 지나가는 소리가 더 크게 들렸다. 가만히 누워 비행기를 세어 보았다. 5분에 한 대씩 지나갔다. '저러다 비행기가 불시착하면 어쩌지?' 처음 며칠은 이런 생각도 했지만, 일상이 되어버리니 비행기 소음도 친근해졌다.

　게다가 비행기 소음 피해로 전기세를 할인해 주기도 하고 공항 공사에서 에어컨도 설치해 주었다고 한다. 잠시 임차해서 사는 집이라 자세히는 모르지만, 항공기 소음으로 인한 몇 가지 혜택이 있었다.

비행기만 지나가도 손가락으로 하늘을 가리켰던 투율은 고개만 들면 비행기를 볼 수 있는 곳으로 이사 와서인지 아주 신이 났다. 물론 며칠이 지나 5분마다 한 대씩 지나가는 비행기에 눈길도 주지 않게 되었지만 말이다. 신기한 일이 익숙함을 만나 일상적인 일이 되어버렸다. 그래도 가끔 비행기를 그리라면 바퀴까지 자세히 그리곤 한다. 손에 닿을 듯한 비행기를 아래에서 보니 바퀴가 아주 선명할밖에.

날개를 아주 멋지게 그리고, 바퀴는 전혀 그리지 않는 다른 동네 아이들의 그림과 비교해 보면 비행기를 다른 시각에서 보는 관찰력이 아주 좋아졌다. 살면서 비행기 착륙길 아래에 사는 일은 흔치 않을 것이다. 나도 그 덕에 산책하며 비행기가 지나갈 때마다 비행기 사진을 찍고, 비행기가 지나가는 소리에 맞춰 바를 정(正)자를 그리면서 횟수도 세어 보았다.

나는 자연에서 노는 것이 무척 익숙하다. 방문을 열면 바다가 보이는 곳에 살았다. 항구에 배가 도착하는 모습을 보며 정박한 배를 세어 보기, 까만 밤에 별 세어 보기, 길가에 핀 코스모스 꽃잎 떼어 내며 사랑한다 안 한다 놀이하기, 친구랑 가위바위보 하며 아카시아 잎을 하나씩 떼어 내고 남은 잎줄기로 친구 머리 파마해 주기, 동네에 핀 샐비어꽃 떼어 꿀을 쪽 빨아먹기, 아침에 일어나서 뒷집 넝쿨에 핀 나팔꽃 몽우리 떼어 입에 대고 나팔처럼 불어 보기, 집 근처 해수욕장에서 튜브 타고 발가락으로 꼼지락하며 바지락 줍기, 방파제의 테트라포드 위를 건너다니며 친구들과 술래잡기하기, 어판장에 쌓아놓은 그물 위에서 미끄럼타기, 납작한 돌을 주워 동네 친구들과 비석 치기 하기 등으로 잘도 놀았다.

놀이터 하나 없는 동네에서 살며 온 동네 자연을 놀이도구 삼아 놀았다. 놀이기구 없는 데서 놀이도구를 만드는, 말 그대로 무에서 유를 창조했다. 혼자 있어도 심심하지 않게, 아니 혼자 심심하니까 자연과 놀았다. 자연과 벗 삼아서 논다는 말 자체였다.

남편과 결혼했을 때 서로 직장이 너무 멀어 가운데쯤에 작은 오피스텔을 얻어 살았다. 몇 달 뒤 임신이 되어 엄마께 전화를 드렸더니 엄마가 걱정하며 말씀하셨다.

"아기 낳기 전에 아파트로 이사 가야 할 텐데 어떡하니?"

물론 엄마의 걱정이 무색하게 임신한 사실을 알고 한 달 후에 유산이 되었다. 아이가 자랄 만한 환경을 마련하지 못해서인지 빨리도 가버린 태아를 생각하며 부랴부랴 아파트를 알아보았다. 초등학교를 길 건너지 않고 다닐 수 있는 아파트인 초품아[2], 뒤에 산이 있고 근처에 산책할 수 있는 호수가 있고, 집 앞에 학원이 다 있는 곳 등 여건이 좋은 이곳저곳을 알아보았다.

교육 여건이 좋은 곳에서 살지도 않았으면서 내 아이를 위해서는 아이가 살기 좋은 환경을 찾고 있었다. 무엇이 옳은 것인지는 모르겠다. 부모의 처한 상황에 맞게 어디서든 건강하고 안전하고 즐겁게 살면 되지 않을까? 어느 상황에도 백 퍼센트 완벽한 상황은 없고 완전 무해한 환경도 없다. 고로 결핍은 생기기 마련이다.

놀이의 형태는 변했지만, 놀이를 좋아하는 건 여전하다. 취향도 여전하다.

여전히 나는 자연 속에서 노는 것을,

---

2) 초등학교를 품은 아파트의 줄임말.

무에서 유를 창조하는 것처럼,

캄캄한 밤에 하늘의 별을 보고 수많은 별자리를 만든 조상
들처럼 좋아한다.

오늘도 자연을 보며 나만의 의미를 찾아 유의미한 자연으로 만드는
놀이 중이다.

하늘, 바람, 나무, 노을, 초승달, 둥지, 까치가 한 컷에 담아 달라고
모였다. 찰칵!

비행기, 너는 잠시 빠지고!

7

딴 쪽을 보며 낭비해도 괜찮아

<딴 쪽>

오늘은 그쪽이니?
난 딴 쪽인데,
모두 밝은 면을 볼 때
난 어두운 면을 봐
모두 어둠을 이야기할 때
난 밝음을 이야기해
난 달라
난 요쪽 조쪽 이쪽 딴 쪽이야
난 내일 그쪽 할게
조금 늦겠지만 기다려 줘
괜찮지?
머지않아 나도 기다릴게

내일도 목련하렴

15년 전 어느 날, 퇴근길 교문에서 교감 선생님과 마주쳤다. 전철역까지 걸어가신다는 교감 선생님께 내 차 문을 열어드렸다. 학교는 전철역까지 버스로 네 정거장쯤 되었다. 나의 퇴근길이 마침 전철역을 지나기에 잠시 태워드리기로 했다. 교감 선생님과 짧은 담소를 나누면서 전철역까지 다 왔을 때, 어떤 이야기인지 정확히 기억은 안 나지만 교감 선생님은 내리기 전에 웃으면서 이렇게 말씀하셨다.

"네, 이야기 들었어요. 4차원이라고. 호호."

대화의 맥락상 나쁜 말은 아니었다. 하지만 기분이 조금 이상했다. 퇴근하고 친구를 만나서 뭐라 말할 수 없는 내 기분을 털어놓았다.

"교감 선생님이 나더러 4차원이래. 아니지, 4차원이라고 들었다면 학교 사람들이 나를 4차원이라고 생각한다는 거지? 기분이 좀 별로야."
"좋은데?"
"뭐가 좋아?"

"그거 좋은 말이야."

"그래? 한 번도 그렇게 생각해 본 적 없는데……."

친구는 내게 진심으로 그건 기분 좋은 말이라고 했다. 남들과 조금 다른 4차원이 좋은 거라고 하니 지금보다 줏대가 없었던 나는 좋은 의미로 얼른 생각을 바꿔 보려 했다.

모두 같은 쪽을 볼 때 다른 쪽을 보는 나를 자책하며 살았고 자책은 습관이 되어버렸다. 자기반성을 넘어 버린 비교와 자책이 내 안에 깊숙이 스며들어 있었다. 누가 뭐라 한들, 일반적인 평판의 잣대를 자신에게 둘 필요는 없는데 말이다.

우리 가족의 보수적인 시선과 교직이라는 보수적인 직업 안에서 나는 자주 자신을 부정하며 살았다. 나를 부정했던 역사를 돌이켜 보았다.

겉으로 보면 조용하고 순종적인 모습이지만 나의 내면에서는 언제나 자유의지가 들끓었다. 스물네 살에 처음 교사가 되었다. 지금 생각해 보면 참으로 어린 나이었다. 첫 번째 담임을 맡은 학년은 초등학교 1학년이었다. 교사로서 학교가 처음인데, 아이들도 갓 입학한 아이들이라니 입학식부터 고

난의 연속이었다. 나는 퇴근하자마자 화실로 가서 매일 4시간씩 그림을 그렸다. 무언가에 몰입하지 않으면 견디기 괴로운 젊은 날이었다.

그러다 교사를 그만두고 다른 공부를 하겠다며 부모님께 말씀드렸더니 절대 안 된다는 답을 주셨다. 혼자 과감하게 사표를 쓰겠다는 결정도 하지 못한 채, 의지할 데도 없이 그렇게 참고 직장을 다녀야 했다.

한 번은 학교의 선배 교사가 발령 동기와 나를 비교하며 동기는 '점'인데, 나는 '점점점'이라고 애정 어린 시선으로 조언을 섞어 말씀해 주었다.

내가 생각해도 그녀는 어떤 사람인지 딱 떨어지고 일도 똑 부러지게 했던 것 같다. 반면에 나는 '쟤는 어떤 생각을 하고 있을까?'라는 시선을 받았던 것 같다. 발령 동기는 곧바로 선을 보고 25살에 결혼하며 안정적인 삶을 살아가고 있었고, 나는 내면에 들끓는 예술적 표현의 욕구를 주체하지 못하고 수채화를 배우고 첼로를 배우고 시를 외우며 가끔 헛소리도 하니 얼마나 알 수 없는 사람으로 비쳤을지 가늠이 된다.

세월이 흘러 어느 날 책을 읽다가 김중혁 산문집 『뭐라도 되겠지』에서 내 마음을 대변하는 글을 발견했다. 작가는 소설을 쓰기 위해서는 '낭비해도 괜찮다'는 신념이 필요하다고 말하며 자신의 다짐을 잘 표현했다. '인생을 낭비해도 괜찮다면, 시간을 낭비해도 괜찮다면, 종이를 낭비해도 괜찮다면, 코앞에 목적지가 보여도 돌아갈 마음이 있다면, 소설을 써도 상관없을 것이다. 낭비를 낭비로 느낀다면 곤란하다.'라는 글귀를 읽을 때 참 위로가 되었다. 낭비하며 사는 삶을 내내 살아왔던 나를 앞으로 절대 자책하지 말아야겠다고 다짐했다. 작가는 10년 후를 기약하며 피 같은 시간과 금쪽같은 나이를 낭비하는 자신을 모순적인 어투로 위로한다. 작가 자신을 위로하는 말에 나도 큰 위안이 되었다.

그래서 이참에 본격적으로 글을 쓰며 더 인생을 낭비해 보기로 했다. 그렇게 동화도 써 보고, 동시도 써 보면서 나도 '10년 후에는 뭐라도 되겠지.'라며 새로운 꿈을 꾸며 지내게 되었다.

걷다가 집으로 돌아오는 길에 억새를 보았다. 억새는 약속이라도 한 듯, 동쪽을 향해있고 그중 하나만 반대쪽을 향했다. 반대쪽을 보는 그 하나가 꼭 나같이 느껴졌다. 어쩜 그리

60   내일도 목련하렴

반골 기질을 갖고 살아왔는지, 나 자신도 피곤했지만 내 마음이 내 맘대로 되지 않는 게 인생이다.

코앞에 목적지가 있고 눈앞에 정답지가 있어도 애써 고개 돌리며 돌아가는 마음이 내 안에 여전히 가득하다.

나를 타인의 시선으로 가두지 않고 나만의 걸음으로 뚜벅뚜벅 걸으며 먼 길을 돌아가련다.

꽃을 보다
너를 본다

1

들풀 같은 나, 들꽃 같은 너

2장_꽃을 보다 너를 본다

<들풀과 들꽃>

넌 잘하는 게 뭐니?
특기는? 취미는?
글쎄요
들에 돋아난 거요?
들에 피어난 거요?

들에 돋아난 들풀
그저 흔한 풀이라고
들에 피어난 들꽃
그저 흔한 꽃일 뿐이라고

내가 잘하는 거라곤
글쎄요
살아 있는 거요
이렇게 견뎌내는 거요
그냥 보통의 존재로 살아가는 거요

내일도 목련하렴

'내가 잘하는 것이 뭘까?' 아무것도 생각나지 않았다.

'사십 년 넘게 살았는데 나는 도대체 무엇을 할 수 있을까?'

그렇게 내게 던지는 질문이 시작되었다. 지난했던 육아 우울증의 끝에 서서 나의 인생을 되돌아보았다. 육아의 터널 속에서 꿋꿋이 걷고 있는 내가 보였다. 고속도로 위를 승용차로 달릴 때, 깜깜한 터널을 만나면 저 멀리 밝은 빛이 보인다. 조금만 더 가면 터널의 끝이 있었다. 그런데 육아라는 터널은 쉽사리 끝이 보이지 않는다. 나만 몰랐던 것인가? 정말 아무것도 모른 채 결혼, 임신, 출산, 육아의 세계에 발을 들였다.

쉼 없이 육아와 일을 병행하며 달려온 탓인지, 어느 날 '아무것도 하기 싫고, 아무 일도 하지 못하는 지경'에 이르렀다. 나를 모두 쓰고 소진한 탓인지 번아웃이 오면서 우울증 증상이 하나씩 나타났다. 퇴근해서 저녁을 차려야 하는데 팔이 올라가지 않았다.

'저 달걀의 유효기간이 지나기 전에 아이들에게 계란국을 끓여 줘야겠다.'

머릿속에서 생각은 일어나지만, 몸은 일으킬 수 없었다. 겪어보지 않은 사람은 상상이나 할 수 있을까? 왜 팔이 안 올라가? 당신의 의지가 박약한 건 아니냐고 할 것이다.

가까운 친구는 나보다 훨씬 먼저 결혼하고 연년생을 낳았다. 그 친구는 어느 날 산후우울증이 와서 팔이 올라가지 않았다고 했다. 정신건강의학과에 가서 약을 처방받아 먹고 나서야 팔이 올라갔다고 했다. 그 소식을 들었을 때는 믿지 않았다. 정말이냐고, 어떻게 그럴 수가 있냐며 철없이 되물었던 나는 몸소 겪어보고 나서야 그 지경을 완벽히 이해하게 되었다.

다음날, 나도 정신건강의학과를 찾았다. 병원에서 정밀검사를 한 후, 나의 증상을 들은 의사는 약을 처방해 주겠다고 했다. 처음에는 한사코 거부했다. 거부한들 증상은 나아지지 않았고, 일주일 후에 다시 병원을 찾아서 의사 선생님의 처방에 따르기로 했다. 병리적 치료와 함께 주변 상담센터들을 찾아다니며 동시다발적으로 상담을 받았다. 그동안 내가 살아온 이야기를 쏟아내면서 적극적으로 몸과 마음의 상처를 치유하려고 애썼다. 상담을 받으며 운이 좋게 좋은 상담 선생님을 만났다. 상담가님은 내 말을 한참 듣다가 적절한 책을 한 권씩 권해주기도 하셨다. 소진되었던 내면을 책으로도 채우며 온 힘을 다해 아주 조금씩 우울의 터널에서 기어 나오기 시작했다.

캄캄한 터널에서 갓 빠져나왔을 때, 다시 무언가를 잘 해내고 싶었다. '내가 잘하는 건 무얼까?' 혼자 생각해도 도무지 떠오르지 않았다. 우연히 친구의 추천으로 자청의 『역행자』를 읽게 되었다. 역행자에는 '초보가 왕초보를 가르치는 것'에 대한 사례를 제시하며 어느 분야에 '꼭 전문가가 아니어도 우리는 충분히 일을 하고 돈을 벌 수 있다.'라고 용기를 주는 이야기가 많았다.

책을 덮고서 내가 어떤 분야에 초보일지 생각해 보았다. 한편으로는 수많은 왕초보를 만나보고 싶었다. 그들에게 내가 줄 수 있는 도움은 무엇일까? 라는 생각으로 가장 먼저 한 것이 네이버 지식인에 '답변 달기'였다.

지식인 앱을 깔고 내가 많이 경험해 온 분야인 '교육'과 '육아'의 카테고리를 선택했다. 질문이 하나씩 올라오기 시작했다. 내가 답할 수 있는 질문을 골라 성실히 답을 달았다. 친구와 싸웠을 때, 학교 출석 일수 등 내가 아는 분야인 교육

관련 질문에 답하는 건 무척 쉬웠다. 실제 다음과 같은 답을
했다.

Q. 왜 이렇게 불안할까요?

(개인정보 보호로 제목만 공개)

A. 채택 답변

네, 예민하네요. 하지만 예민한 나이예요.

영화 〈우리들〉을 보면 사소하고 미묘한 감정을 서로 느끼고 싸우기도 하
는 게 학교생활 아닌가요?

내가 느끼는 감정은 솔직하게 부모님께도 상의하고 담임선생님께도 상
담해 보고 책도 읽고 궁금하면 친구들에게도 직접 물어보세요. 미묘한
감정에는 다 이유가 있어요.

내 감정을 잘 들여다보고 잘 헤쳐 나가길 바랍니다. ^^

👍 💬   ⋮

시간이 날 때마다 매일 조금씩 했다. 한 달 동안 답변을 달
았고 그것이 하나둘씩 채택되었다. 답변이 채택되면 알람이
뜨는데, 그게 점점 기다려지고 재미있기도 했다.

그러고 나서 답변이 채택되면 어떤 혜택이 있는지 궁금했

다. 어디 물어볼 데도 없어 지식인 답변을 검색했다. 채택되면 그저 지식인 내공이 쌓인다고 했다. 포인트로 돌려주거나 돈이 되는 건 아니었다. 지식인 내공[3]이 쌓이면 내공으로 할 수 있는 것이 무엇일까도 검색해 보았다. 그랬더니 비밀 질문을 할 수 있다는 것이다. 그럼 많은 사람이 비밀 질문을 하려고 지식인 답변을 하는 것인가? 뭔가 재미있는 신세계였다.

생경한 경험이었지만, 보람되고 재미있었다. 나의 내공은 점점 올라갔고, 그만큼 내 자신감도 점점 쌓여갔다. 육아하는 틈틈이 지식인 답변을 달고, 내공이 올라가는 것으로 기뻐하는 나한테 피식 웃음이 났다. 그 웃음은 터널 하나를 빠져나왔다는 신호가 되었다.

내가 잘하는 것이 아무것도 없다고 생각하는 사람에게 '지식인이 되어 보는 것'처럼 내가 할 수 있는 작은 일을 하나씩 도전해 보라고 말해 주고 싶었다.

재능을 타고난 사람은 극히 드물다. 대부분은 그저 그런 존재로 태어나서 그저 그렇게 살아간다. 길가에 돋아난 수많

3) 종합적으로 볼 때 네이버 지식인 내공은 질문, 답변, 채택, 광고 노출에 도움이 된다고 한다.

은 들풀, 그사이 사이에 피어난 많은 들꽃은 존재감이 미미해서 좀처럼 사람들의 눈길을 받지 못한다. 하지만 들풀과 들꽃은 누군가의 시선을 기다리지 않고 자신이 터를 잡은 곳에서 굳건히 뿌리를 내리고 묵묵히 자라난다.

지극히 평범한 나를 하찮게 여기는 순간이 오면 밖을 나가 길가에 피어난 들풀을 만날 일이다. 들풀 사이에 피어난 들꽃이라도 만나면 얼마나 반가운 일인가. 들풀 같은 내가 들꽃 같은 너를 만나는 순간들이 바로 소확행(소소하지만 확실한 행복)의 시간이다.

미미한 존재들의 향연을 봄 길에서는 수없이 만날 수 있다. 기후 변화로 점점 짧아지는 봄을 놓치지 말고 들풀과 들꽃을 보러 당장 나가 보아야 할 일이다.

2

너와 이룰 수 없는 사랑에

<너와 이룰 수 없는 사랑>

늦은 가을
땅속 깊이 숨겨둔 너를
나는 보지 못한다

시린 계절이
두 번 바뀌어야 피는 너를
나는 보지 못한다

그리하여 너는
이룰 수 없는 사랑이라는
오명을 지녔구나

내일도 목련하렴

튤립에 빠진 적이 있다. 고등학생 때도 지금과 크게 다르지 않게 학교와 집을 오가며 단순하게 살았다. 수업 듣고 공부만 하다 잠시 창밖을 내다보는데 학교 정원에 튤립이 예쁘게 피어 있었다. 내 눈앞에 강렬하게 피어 있는 노란 튤립을 보니 마음이 괜스레 요동쳤다.

그때부터 튤립이 그토록 좋았다. 그때는 튤립 구근을 미리 땅속에 심어 두어야 한다는 것을 잘 몰랐다. 누군가 늦가을에 심어 놓은 것을 나는 봄에 보았다. 학교는 해가 바뀌면 모든 게 새로워지는 곳 일진데, 튤립은 누군가가 다음 해에 이곳을 오는 어떤 이에게 주는 선물과도 같은 꽃이라는 생각이 든다.

군더더기 없이 단출한 꽃, 꽃잎 하나 줄기 하나 의미 없이 나지 않을 거 같은 단단함. 튤립을 사모하지 않을 사람이 어디 있을까.

또 한동안은 튤립처럼 미니멀한 삶에 빠졌었다. 첫째 아이가 태어나고 산후 도우미 여사님이 집에서 한 달 정도 산후조리와 아기 돌보는 것을 도와주었다. 어느 날 친정엄마가 방문했을 때 두 분이 집을 둘러보시며 공통으로 하신 말씀이 있다.

"살림이 참 많다."

거실도 깨끗하게 잘 정돈되어 있고, 방도 깨끗하고 좋은데 이 집에 살림이 많다고? 내 살림살이에 대한 자각이 없었다. 하지만 한동안 그 말은 내 귓가를 떠나지 않았다. 베란다와 각종 수납장을 열고 하나씩 꺼내 보니 정말 잡동사니 살림이 많긴 많았다.

집 평수가 10평이면 그 평수에 맞게 짐을 채워 넣었고, 30평대면 30평대에 꽉 차게 살림을 채워 넣고 살았다. 그러고 보니 내 가방도 마찬가지였다. 외출할 때 작은 가방을 가져가면 가방의 크기에 맞게 가득 채워 나갔고, 큰 가방이면 온갖 잡동사니들을 가방에 꽉꽉 채워 다녔다. 마치 버킨백의 뮤즈인 배우 제인 버킨처럼 장바구니인지 가방인지 구별이 안 되도록 가득가득 채워 넣었고, 집도 창고처럼 가득 차게 하는 습성이 있었다.

나의 라이프스타일을 돌아보니 가능한 한 최대의 짐으로 살아왔고, 그에 대한 문제점을 단 한 번도 인식한 적이 없었다. 아이를 낳고 그 문제에 대해 고민하기 시작하면서 주위를 둘러보니 각종 책이나 매체에서 '미니멀 라이프'가 대세였다.

우선 관련 서적을 도서관에서 빌리고 미니멀 라이프 관련 인터넷 카페에 가입해서 최소한의 짐으로 살아가는 사람들의 삶을 엿보았다. 처음에는 극단적 미니멀을 생각했다. 침대도 없애고, 식탁도 없애고, 한 가지의 용품이 다용도의 기능을 하는 것을 갖기로 했다. 중고 카페나 동네 중고 거래 앱에 등록해서 하나씩 팔기도 했고, 팔기 어려운 것은 무료로 나눠주기도 했다. 소파를 없애고 식탁도 없애자는 의견에는 남편의 동의가 필요했다. 남편과 대화도 하고 인터넷 미니멀 라이프 카페에서 사람들의 의견도 보았다. 침대, 소파, 식탁을 없앴더니 다들 허리와 무릎이 아파서 다시 사게 되었다는 후기를 보고는 극단적인 미니멀은 지양하기로 했다. 내가 할 수 있는 나만의 미니멀 라이프를 하자고 결정했다.

그렇게 살림을 조금씩 줄이며 살다가 둘째가 태어났다. 두 아이를 키우며 살림을 최소한으로 두고 산다는 것은 쉽지 않았다. 아기를 돌보기도 벅찬데 청소, 빨래, 요리 등을 하며 물건을 정리하고 바로 설거지를 하는 정성을 쏟기 힘들었다. 물도 매번 끓여 마시고, 아기 빨래도 탈탈 털어서 건조대에 널고 개고 하는 모든 가사노동에 나는 처참히 무너졌다. 그리고 여성들이 산후우울증이나 육아 우울증을 겪는 이유를 알게 되었다. 하루 이틀도 아니고 기나긴 육아의 여정에 가사노동이 한몫하는 거다.

그리하여 미니멀 라이프를 외쳤지만, 식기세척기, 의류 건조기, 로봇 청소기, 정수기 등 하루하루 최신 가전제품을 집안에 하나씩 들이기 시작했다. 미니멀 라이프를 포기하고 가전을 하나씩 들이니 약간의 여유가 생겼다. 꿈꿔왔던 미니멀 라이프는 노란 튤립의 꽃말처럼 내겐 이룰 수 없는 사랑이 되었다.

> "그녀의 가족들은 그녀가 일하는 것을 지지한다고 했다. 단, 가정에서 아무런 변화가 일어나지 않아야 한다는 조건이었다. 식사 시간, 아이들 등교 등 아무리 사소한 것이라도 가정생활과 관련된 것은 아무런 변동이 없어야 했다."
>
> — 게리 켈러, 『원씽』, 비즈니스북스

미니멀 라이프를 내려놓고 몇 년 후, 『원씽』이라는 책에서 이 부분을 읽었다. 미국의 여성들도 우리나라 여성들과 별반 다를 게 없다는 생각이 들었다. 가사 노동에서 자유로울 수 있는 여성이 세계적으로도 많지 않을 거라는 사실이 씁쓸했다.

아이들이 조금 더 자라면 미니멀 라이프를 다시 사랑해야겠다. 튤립 앞에서 고고히 책을 읽으며 가사 노동에서 해방될 날을 오늘도 꿈꿔 본다.

노란 튤립, 이룰 수 없는 너와의 사랑을 기억할게.

3

너의 봄이, 나의 봄에게

내일도 목련하렴

<그 자리에>

그 자리에 누웠다 일어나고
그 자리에 앉았다가 일하고
그 자리로 돌아오는
하루의 일과 끝에

또다시 그 자리에서
너는 너를 알린다
노란빛으로 알리고
별이 아님에 별인 듯 알리고
나리임에도 한낱 야생의 나리로
흔하디흔하다는 너의 이름으로
너를 알림에 봄은 그저 따라온다

네가 피어야 진정 봄이지
여러 해를 살아도
언제나 그 자리에서
봄이라는 시간에만 너를 알린다

이제 드디어 너를 봄에
봄을 본다
진정 봄임을
이제야 인정
봄이다, 봄
그 자리에
너를 봄에,
나의 봄이

독서를 취미로 삼기 시작하며 처음에는 단행본만 읽었다. 그러다 일간지, 주간지, 월간지, 계간지를 각각 챙겨보기로 하고 신문 구독부터 계절마다 나오는 문학 관련 계간지까지 차례로 구독하게 되었다.

특히 날마다 어린이를 만나는 직업이고 집에도 아이들이 있는지라 동화와 동시에 관심을 갖고, 『어린이와 문학』을 구독하고, 격월동시웹진 『동시빵』 등도 챙겨본다. 『동시빵』 겨울호에 실린 〈12월 31일이 1월 1일에게〉라는 동시가 눈에 들어왔다.

시간의 연속성과 날짜의 분절 사이의 괴리감을 자주 느꼈지만, 그것을 문학으로 표현하려고 해 본 적은 없었다. 그런데 '널 만나려고 364일째 걸어왔어'로 시작하는 이 동시는 시간의 연속성을 두루마리 휴지에 빗대서 표현하면서 날짜의 분절을 재치 있게 '잊지 마, 난 너의 딱 하루 더 언니야'라고 표현하며 마무리한다.

12월 31일과 1월 1일은 단 하루 차이지만, 언제나 대단한 차이를 느낀다. 학창 시절 공책에 필기할 때, 실수로 1999년 썼다가 2000년으로 해가 바뀌었다는 것을 인지하고는 얼른 지우려고 했던 일은 누구나 있지 않을까. 참 많이도 지워내야 하는 밀레니엄이 기억난다.

그 하루의 차이를 경쾌한 동시로 풀어낸 글을 보고 좋아서 필사도 해놓았다. '하루'라는 시간 개념은 아주 평범한 일상 위에서 두루마리 휴지처럼 흘러가지만, 한 해의 마지막과 새해의 첫날을 나누는 선은 좀 더 특별하다. 우리가 분절해 놓은 시간은 두루마리 휴지를 한 칸씩 떼어 내는 것으로 새롭게 인식된다.

3월은 봄이다. 공책의 페이지를 넘기면 겨울에서 봄이 오듯 시간도 그렇게 딱 끊어져서 오면 어떨까. 2월의 끝과 3월의 시작을 두루마리 휴지를 한 칸씩 딱딱 끊어 내듯이 말이다.

시간의 연속성에서 어느 순간 겨울이 끝나고 봄이 온다. 3월이 되었다고 산과 들에 봄을 알리는 상징들이 마구 보이지는 않았다. 2월과 3월 사이에 깃대를 세우듯이 자연은 그렇게 나눌 수 없는 노릇이다.

그렇게 며칠 동안 산길을 걷다가 드디어 봄의 대단한 상징인 노란 꽃을 발견했다. 언제 보아도 예쁜 개나리는 무리 지어져 있을 때 더 예쁜데, 마른 나뭇가지들 사이에서 개나리

무리가 이토록 반가울 수가 있나. 금세 꽃잎은 떨어지고 초록 잎만 남을 테지만, 예쁠 때 얼른 찍어 내 사진첩에 보관해 두고는 '안녕'이라는 말을 속삭여 본다.

안녕, 우리 내일 또 만나. 모레도 만나. 나의 봄아!

4

꽃들처럼 화려한 빛으로

2장_꽃을 보다 너를 본다

\<화려한 빛으로\>

땅에서 하늘에 닿을 때까지
수도 없는 빛을 만난다
초록이었다가
다홍이었다가
연분홍이었다가
하얀 하늘빛이었다가
그렇게 끝 모르게 이어진다

흐린 날임에도
가시광선 스펙트럼이
바빠도 움직인다
내 눈도
빛의 화려함에
어쩔 줄 몰라
마음 한 컷으로 담을밖에

내일도 목련하렴

지난해에는 오랜만에 1학년 담임이자 학년 부장을 맡았다. 매년 새로운 학급을 맡으면 그 학년의 수준에 맞는 학년 특색과 학급 특색을 정한다.

　교직 경력 동안 두 번의 1학년 담임교사의 경험이 있었던 터라 1학년 아이들과의 기억을 떠올려 보았다. 과거에는 '학교는 즐거운 곳'이라는 의미에서 즐거운 노래로 시작하고 재미있는 율동으로 마무리하는 활동을 많이 하였다. 과거 20년 전과 10년 전의 1학년 학급경영에서는 영상을 보며 노래를 부르고 율동을 따라 하며 즐겁게 수업하는 것에 대한 거부감이 별로 없었다. 영상 매체가 아이들에게 미치는 악영향에 대해 지금보다 더 깊이 있게 고려하지 않았다. 예전에는 태블릿 PC나 노트북, 휴대전화를 이용하여 유튜브나 틱톡 같은 영상 매체를 자유롭게 볼 수 있는 환경이 아니었기 때문이다.

　지금은 학생들의 생활환경과 학교의 교육환경도 많이 달라졌다. 이제 입학한 초등학생들은 태어나서 돌이 되기도 전에 작은 휴대전화로 영상을 보기 시작한 디지털 원주민이다. 이런 상황에 놓인 아이들에게 굳이 예전과 같은 방법으로 즐거운 노래와 영상을 활용하여 학급 특색을 만들고 싶지 않았다.

오히려 학교는 가정과 사회에서 놓치고 있는 중요한 부분에 대한 노출을 더 강화해야 한다고 생각했다. 그래서 디지털 원주민들에게 역으로 아날로그 방식으로 접근해야 한다는 논리로, 천천히 느리게 다가가는 종이와 활자, 그림, 이야기 등으로 교실을 가득 채워야겠다는 결심을 하기에 이르렀다.

그 시작으로 매일 아침 한 권의 그림책을 읽어 주며 하루를 열기로 했다. 우리 반 아이들과의 첫 만남에서 읽어 준 그림책은 피터 브라운의 『선생님은 몬스터』이다. 줄곧 어린이집과 유치원만 다닌 아이들에게 학교라는 낯선 공간에 처음 와서 만난 선생님의 이미지를 무서움에서 친근함으로 바꿀 수 있는 그림책이었다. 그리고 비가 오는 날에는 류재수 작가의 『노란 우산』이라는 그림책을 보여주며 귀로 듣는 음악을 들려 주기도 했다.

이처럼 날마다 그날의 의미, 날씨, 학습 내용 등 각 주제에 맞는 그림책을 선정하여 매일 아침 아이들에게 부지런히도 읽어 주었다. 다양한 아이들만큼이나 다양한 반응이었다. 하지만 하나같이 들떠 있는 하루를 차분하게 시작할 수 있는 것은 큰 효과였다. 특히나 자폐스펙트럼 증상이 있는 아이는 수업 동안 소리를 지르거나 상황에 맞지 않은 말을 반복해서 하는 경우가 있는데, 그림책을 읽어 주는 동안에는 무척 집중하며 차분해졌다.

일본 작가 마쓰이 다다시는 『어린이 그림책의 세계』라는 책에서 그림책에 대해 예찬을 아끼지 않았다. 특히 부모가 자녀에게 읽어 주는 그림책의 중요성을 여러 이유에서 강조했다.

학교 교육을 받는 데 필요한 최소한의 능력은 선생님의 이야기를 귀 기울여 잘 들을 수 있는 능력과 태도라고 했다. 그리고 '다른 사람의 말을 듣는 힘'을 키우는 데는 유아기에 부모가 그림책을 읽어 주는 것 이상의 방법은 없다고 강조했다.

이 부분을 읽으며 혹여 가정에서 유아기에 부모가 책을 읽어 주지 않은 아이들이 있다면, 학교에서 처음 만나는 가장 가까운 어른인 내가 읽어 주어야겠다고 생각했다.

게다가 그림책은 서서히 스며들게 하는 감성교육의 도구로 활용하기 좋다. 교육열과 경쟁이 치열한 우리나라의 교육 현실에서 감성교육보다는 지성 교육에 비중을 두는 학부모들이 많은 것은 당연지사다. 교육 현장에서 아이들을 보면 감성이 자라날 자리에 한글과 연산 등의 지성 교육이 먼저 뿌리를 내려 지식이 큰 자리를 차지한 아이들이 여럿 있었다.

감성교육이 부재인 상태에서 교과 공부를 시작한 아이들은 사춘기가 시작되는 4학년 2학기부터 부작용이 두드러지게 드러난다. 그리고 그 부작용은 아이의 성장 균형을 깨뜨리고 교우관계에 문제를 일으키기 시작하고 급기야 부모와의 관계에서도 어려움을 만들 수 있다.

구체적인 사례는 차지하고서라도 20년 동안 수백 명의 아이들을 만나면서 타인을 배려하고 공감하는 마음을 지닌 아이는 언제 교과 공부를 시작해도 늦지 않다는 믿음이 생겼다. 반대로 교과 공부가 아무리 월등해도 감성이 제대로 자라지 않은 아이는 뒤늦게 감성교육을 받더라도 공동체 안에서 지녀야 하는 미덕들이 마음에서부터 우러나오기가 쉽지 않다.

모든 교육에는 '적기'라는 것이 있다. 유아기부터 초등 저학년 연령의 아이들에게는 감성교육을 하기에 적기이며 그 수단으로서는 그림책을 읽어 주는 것 이상의 방법은 없다는 것에 크게 동의한다.

매일 아침은 그렇게 학교에 있는 아이들에게 그림책을 읽어 주며 아침을 열었다. '그림책으로 여는 아침'이라는 타이틀로 아침 활동을 했더니 1년간 읽어 준 그림책이 100권이었다. 1학년 친구들 마음속에 100가지의 그림책 씨앗이 싹을 틔우고 있다고 생각하니 뿌듯했다.

동백꽃과 벚꽃이 어우러진 풍경처럼 먼 훗날 아이들의 마음에 100가지의 꽃들이 형형색색이 피어나면 좋겠다.

여덟 살 마음에 꽃씨처럼 이야기 씨앗을 살포시 뿌려 놓았으니 언젠가는 화려하게 피어날 너희의 미래를 그려본다.

5

꽃보다 너희들에게

<꽃보다 아이>

어둠 속에서도 보여
눈 감아도 보여
밝음은 그렇게 잘 보여
소리 없어도 보이고
말이 없어도 보여
꽃이 그렇고
아이들이 그렇지

길가에 핀 작은 꽃들은 한데 어우러져 피어서 무척 아름답다. 헌데 교실 속 아이들은 한데 어우러지면 무척이나 시끄럽다. 참 이상했다. 발령 첫해부터 아이들 한 명 한 명은 너무 예뻤다. 하지만 여럿이 한데 모아 두면 수없이 싸우고 또 다치기도 했다. 게다가 시끌벅적한 곳을 내 작은 목소리가 뚫고 나가게 하는 것은 고역이었다. 일부러라도 복식호흡을 하지 않으면 성대결절 쯤이야 교사들의 훈장이 되기 십상이다.

딸과 함께 걷는데, 딸이 꽃을 보더니 내 휴대전화를 가져가서 사진을 찍어 댔다. 미취학 아동인 딸이 카메라 앵글도 고려하지 않고 마구 찍어 놓았을 게 틀림없다. 하지만 산책하고 한참 후에 들여다본 사진첩에는 화려하고 예쁜 꽃이 있었다. 작은 꽃을 이리도 크고 예쁘게 찍어두었구나. 어린이들은 서로를 이리 바라보겠구나. 얼마나 즐거울까. 서로가 서로를 자세히 들여다보며 깔깔 웃는 교실 속 아이들이 생각났다.

아이들 한 명 한 명이 예쁜 건 당연하고 이제 여럿이 한데 모여 있어도 이리 예쁠 것 같다.

산에 피어도 꽃이고 들에 피어도 꽃이고 길가에 피어도 꽃이고 모
두 다 꽃이야
아무데나 피어도 생긴 대로 피어도 이름 없이 피어도 모두 다 꽃
이야

동요 〈모두 다 꽃이야〉의 일부분이다. 어디에 있어도 어떻게 있어도 함께 있어도 따로 있어도 모두 다 예쁜 아이들이다. 오늘도 교실 속 시끌벅적한 아이들을 더 사랑하겠다고 마음을 먹지만, 막상 교실에 들어 가면 시끌벅적함을 뚫고 선생님의 목소리가 들리게 목청이 찢어지도록 수업한다. 그 앞에서 아이들은 저마다 개성 있는 손짓 몸짓을 하며 와자지껄 공부한다.

종이접기를 좋아하는 아이, 달리기를 잘하는 아이, 양보를 잘하는 아이, 목소리가 큰아이, 조용한 아이, 웃는 얼굴이 귀여운 아이, 밥 잘 먹는 아이, 춤 잘 추는 아이, 이렇게 우리 반 모든 아이는 꽃보다 아름답다. 교실 속의 꽃, 예쁘게 바라볼수록 예쁜 꽃, 이토록 작고 예쁜 꽃들을 매일 매일 아끼면서 그들에게 마르지 않는 사랑을 보내야겠다.

아이답게 바라볼수록 더 아름다운 아이들, 오늘도 꽃보다 너희들에게 애정의 시선을 보낼 테다.

내일도 목련하렴

2장_꽃을 보다 너를 본다

<목련하다>

5교시 국어 시간에 언어순화 공부를 했어
순우리말 다섯 가지를 배웠지
꽃눈깨비부터 자몽하다까지
죄다 처음 들어보는 낱말이라는 듯
동그랗게 눈을 뜨고 낱말의 뜻을 제 맘대로 썼어
모두 제각각 다른 뜻을 내놓았지만
틀린 답은 없었어
처음이라는 호기심과 설렘이
자음과 모음 사이를 채워갔지

늦은 밤
꽃눈깨비가 흩날릴 듯 목련하는 너를 보았어
목련하게 피어 목련히도 아름다웠지
그러다 목련토록 져버릴 테지만
한껏 목련히 뽐내는 너를 볼 수 있는
오늘 밤의 찰나가 감사했어
내일이면 목련히 떠날
너를 알기에
참으로 목련하구나
목련히 살다 목련답게 떠날 너의 뒷모습에,

내일도 목련하렴

감수성이 예민했던 중학교 1학년 때, 교정에 벚꽃과 목련이 피어 있었다. 학교 운동장에 떨어진 꽃잎을 책갈피에 끼워 넣곤 했다. 벚꽃은 꽃잎이 하나씩 날리고, 목련은 꽃잎이 하나씩 뚝뚝 떨어졌다. 수준에 맞지 않게 두꺼운 책을 읽던 소녀 시절 나는 갓 떨어진 목련잎 하나를 책 사이에 꽂아 두었다.

다음날, 목련을 꽂아 둔 책을 열었다. 책 사이에서 마치 똥색처럼 변해 짓눌린 목련은 나무에 피어 있던 목련과는 사뭇 달랐다. 웨딩드레스처럼 우아한 아이보리 빛깔의 목련이 전혀 다른 모습을 하고 있었다. 그것이 내가 목련을 처음 인식한 때였다.

우아한 자태의 목련은 꽃말도 고귀함이다. 고귀한 목련은 나무에 매달려 있을 때 참으로 고귀하다. 나무의 연꽃이라는 뜻이 있어서인지 나무 위에서만 연꽃 같은 의미를 지닌 것 같다. 나무에서 떨어져 나오면 고귀함은 어디에도 없다. 하지만 그 또한 목련이기에, 그것을 참으로 '목련하다'라고 표현하고 싶었다. 그 어떤 긴말로도 표현하기 어려운 의미는 그 자체로 명사이자 동사다. 적어도 나의 언어 사전에서는 그러하다.

매거진 〈코스모폴리탄〉에서 진행한 배우 라미란의 인터뷰 일부이다.

"화려한 모습이 있으면 그 뒤에는 아주 초라한 모습도 있어요. 저는 제가 지질해지는 것이 창피하지 않아요. '그래, 나 약해.'라고 인정하면 두려울 게 없거든요. 그런 의미에서 본다면, 전 초강력한 사람입니다."

누구보다 화려한 직업인 연예인에 대해 솔직하게 인터뷰한 것을 보고 '라미란답다, 라미란답게 멋지다.'라고 생각했다. 어떤 것이라도 포용할 수 있는 것이 진정으로 강한 것이라 말하며, 자신을 합리화하는 것으로도 보일 수 있으나 자신의 모든 면을 인정하는 것이 진짜 강한 것이라고 역설했다.

목련도 마찬가지다. 목련꽃은 목련 나무 위에 있을 때의 고귀함만 있다고, 그것만을 보여주려고 애쓰지 않는다. 꽃이 피고 꽃잎이 다 떨어지고서 '그래, 나 이러해. 나 예쁘지만은 않아. 나는 지질해지는 것이 창피하지 않아.'라고 인정하면

내일도 목련하렴

목련꽃 역시 두려울 게 없는 초강력 목련이 되는 것이다.

목련 나무에 있을 때도, 꽃잎이 하나씩 떨어지고 나서도 목련은 어느 모습 하나 감추지 않는다. 벚꽃처럼 어딘가로 바람에 휘날려 가지 않는다. 목련 나무 아래 그 자리에서 묵묵히 지는 것을 택했을 뿐, 자취를 감추는 일이 없다. 그리하여 나는 목련을 '목련하다'라고 동사로 명명하고 싶었던 거다.

복효근 시인의 〈목련 후기〉 일부를 떠올려 본다.

목련꽃 지는 모습 지저분하다고 말하지 말라
순백의 눈도 녹으면 질척거리는 것을
지는 모습까지 아름답길 바라는가

다음 목련이 필 때까지 목련의 우아함은 내 마음속에 그대로 있다. 져도 진 게 아닌 목련에게 지는 모습까지 아름답기를 바란 건 아닐는지.

너의 이름은……?

내일도 목련하렴

<너의 이름은>

나는 가끔
돌이 되고 싶었다
가만히 있어도
누구도 뭐라 않는
돌아이

너의 이름은
구들장
나의 이름은
돌아이

20대의 방황하던 시절에 일본어 공부를 2년 동안 한 적이 있다. 그때 주 5일을 일본어 학원에 갔다. 그곳에서 나와 비슷한 생각으로 공부하러 온 언니를 한 명 만났다. 그 언니와 지금까지 20년간 우정을 쌓고 있다. 요즘에는 1년에 두어 번 정도밖에 못 만나고 연락도 자주 못 하지만, 언제 만나도 어제 만난 사람처럼 반갑다.

오랜만에 언니를 만나면 남들에게는 못하는 우리만의 세계에 관해 이야기한다. 남들이 보기에는 유치하게 볼지 몰라도 쉰 살이 넘은 언니는 여전히 아기자기한 캐릭터를 좋아한다. 언니는 친구들 모임에 가면 친구들은 대부분 명품 시계를 차고 오는데 본인은 귀여운 캐릭터 시계를 차고 있다고 했다.

어느 날, 종교가 기독교인 언니는 목사님 설교를 듣고 기도 모임에서 들었던 이야기를 해주었다.

"얼마 전에 목사님 설교를 듣는데 10명이 모이면 그중에 한 명은 반드시 돌아이가 있대."

"하하. 목사님이 그런 말씀도 하세요? 근데 정말 그런 거 같아요. 어느 모임에서나 독특한 사람이 있죠."

내일도 목련하렴

"근데 10명 정도 모였는데 아무리 봐도 돌아이가 없잖아? 그럼, 바로 내가 돌아이래. 하하하."

"히히히."

이런 대화를 나누며 깔깔거리며 웃었다. 웃음의 끝에 우리도 '돌아이'일 거라고 결론 지었다.

산길을 걷는데 넓적한 돌이 켜켜이 쌓여 있었다. 흙의 유실을 막아 둘레길을 만들려고 쌓아놓은 돌이었다. 그런데 뭔가 다른 돌들과 어울리지 않는 이 돌은 무엇일까? 이렇게 무언가 주변과 비슷하지 않고 잘 어우러지지 않는 것을 볼 때 '생뚱맞다'라는 표현을 쓰곤 한다. 생뚱맞게 이 너른 돌의 정체는 무얼까 생각하다가 스마트폰 렌즈 앱으로 검색했다. 정확히는 알 수 없지만, 이것은 방바닥을 뜨끈히 데워주는 구들장인 듯했다.

옛날, 나무를 떼던 시절에 참 귀했을 구들장이 보일러 기술이 발전하자 쓸모가 없어져 버려졌나 보다. 버려진 구들장을 모아 돌담을 만들어 놓은 모양이었다. 예전에는 귀해서 서로 가져가려고 했을 돌인데 이제는 산속의 둘레길을 지키는 역할을 하는 구들장을 보니 조금은 애잔한 마음이 들었다.

인공지능 AI 기술이 발달하고 인간의 직업군 중에 사양산업들이 생겨났다. 또 최근 들어 챗GPT의 위협을 받는 직업들에 대한 순위도 나오곤 한다. 인간을 쓸모로 규정했을 때 인공지능 로봇에게 밀려 쓸모에서 무쓸모로 변모하는 인간의 위치를 보면 조금 씁쓸하다. 쓸모를 규정하는 것은 나 자신이 주체가 되어야 하거늘, 이리저리 타자에 의해 주체가 흔들리는 모습이 안타깝다.

산속에 너른 돌도 마찬가지다. 너른 돌이 돌담으로의 역할을 만족한다면 그 주체성은 돌 자신에게 있다. 내가 구들장을 보며 예전에는 귀하게 여겼을 돌인데, 이젠 하찮은 산길에 버려진 돌이 되었다고 연민의 감정을 둘 권한은 없다. 구들장도 산길에서 행복할지도 모른다.

남유하 작가의 단편 동화집 『나무가 된 아이』에 실린 첫 번째 단편 동화 〈온쪽이〉의 일부분이다.

눈 두 개, 귀 두 개, 팔 두 개, 다리 두 개.
어쩌다 나는 이런 모습으로 태어나게 됐을까?

내일도 목련하렴

반쪽 사람들이 사는 세상에 온쪽이로 태어난 주인공은 자괴감에 빠진다. 자신을 부정하는 아버지, 형의 시선과 주변 사람들의 시선 속에서 자신의 반쪽을 잘라내는 수술을 앞두고 괴로워한다. 결국 주인공 수오는 자신이 주체가 되어 마지막에 과감한 선택을 하기에 이른다.

좌우대칭인 모습의 온쪽이로 행복하게 살 수 있는데, 수오를 타자의 시선으로 목숨이 위태로운 수술을 하게끔 할 권한은 누구에게도 없다. 구성원 중 다수가 누구냐에 따라 정상과 비정상을 나누는 우리 현실에서는 수오가 정상이고 반쪽이인 사람이 비정상이라고 규정했을 것이다. 장애와 비장애인을 나누듯 말이다. 다수, 대중의 의미와 함께 소수, 개인의 의미를 생각하게 하는 작품이었다. 또 이 작품을 읽으며 각기 다른 서로의 차이만을 인정하고, 정상과 비정상을 규정하지 않았으면 좋겠다는 생각을 많이 했다.

가만히 있어도 뭐라 하지 않는 돌을 보듯 주변을 때로 가만히 두고 그저 따뜻한 눈길만을 줄 필요가 있다.
남들에게 피해만 주지 않는다면 구들장에게도, 온쪽이에게도, 내게도, 세상의 모든 돌아이들에게도 그저 따뜻한 시선만 남기고자 한다.

하늘과 땅에서
우리를 찾다

1

핑크뮬리? 핑크 무리

3장_하늘과 땅에서 우리를 찾다

111

\<핑크 무리\>

핑크뮬리?
핑크 무리들.
자세히 들여다봤네
멀리서 손짓하길래.
핑크뮬리인 줄
핑크 무리들이.

내일도 목련하렴

코로나 팬데믹 내내 주말이면 가족과 함께 시골집에 가서 아이들은 마당에서 비눗방울 놀이를 하고 나는 텃밭 농사 일을 했다. 남편은 잔디를 깔고 혼자 나무를 심었다. 진흙이었던 마당이 점점 작은 수목원이 되고 있었다. 주말마다 마당에서 텐트를 쳐 놓고 삼겹살도 구워 먹었다. 해 질 녘이면 장작에 불을 피우고 캠프파이어도 했다. 그동안 꿈꿔온 전원의 생활을 하나씩 펼치며 지냈다.

끝날 듯 끝나지 않는 팬데믹이 심해질수록 시골 전원마을에는 땅을 사서 집을 짓는 사람들이 많아졌다. 앞집에는 우연히도 우리 집과 사정이 비슷한 가족이 집을 지었다. 마침 어린 남매들의 나이도 똑같았다. 앞집도 주말에만 이용하는 집이었다. 서로의 마당을 오가며 두 집의 아이들 넷은 방방도 타고, 에어 바운서도 탔다. 또 물총놀이도 하면서 주말을 즐기기에 바빴고 아빠들은 삼겹살을 구웠다. 그렇게 앞집 지안 엄마와 워킹맘으로 바쁘게 살고 있는 엄마들의 비애를 이야기하며 동병상련의 정을 나누었다.

그러다 내가 먼저 요즘 너무 우울하다고 말을 건넸다. 퇴근길에 나도 모르는 사이에 '아, 우울하다.' 이 말이 절로 나온다고 했다. 그랬더니 지안 엄마도 기다렸다는 듯이 '저도 우울해서 가끔 밤에 이대로 잠들어서 끝내고 싶다.'라는 생각까지 한다고 했다.

서로의 마음을 나누지 않고, 겉모습만 보면 모두 멀쩡한 네 식구의 단란한 가족의 모습이다. 하지만 자세히 들여다보면, 행복한 모습 이면에 서로의 희생과 고통이 켜켜이 쌓여 있다는 것을 발견하게 된다.

어느 날, 지안 엄마는 매주 목요일 밤마다 엄마들의 하브루타 모임을 한다고 했다. 비폭력 대화에 대해서 알고 하브루타로 자녀를 양육하는 방식에 대해 배워서 자신의 우울감을 치유하고 있다고 했다. 남편과의 관계 개선에도 많은 부분 도움이 되었다고 알려주었다. 나도 그 모임에 참여하고 싶다고 하니 모임장과 모임원들의 동의를 얻어 매주 목요일 밤 '하브루타 별밤' 모임에 참여하게 되었다. 비슷한 연령의 아이 둘을 둔 엄마들은 밤 10시에 아이들을 재우고 캄캄한 밤 컴퓨터 앞에 앉아 이어폰이나 헤드셋을 끼고 비대면 만남을 하고 있었다.

코로나 팬데믹이 우리 일상에 많은 부분을 바꾸어 놓았다. 많은 사람이 코로나19 바이러스로 목숨을 잃었고 모두가 다양한 고통 속에서 3년 가까운 시간을 보냈다. 그 바뀐 일상에서 발 빠르게 적응하느라 학교에서는 비대면 수업을 준비했고 각종 비대면 모임의 디지털 플랫폼들이 생겨났다. 코로나 팬데믹 이전의 사회라면 이렇게 야심한 밤에 멀리 떨어져 사는 엄마들이 한자리에 모일 수가 있었을까? 물론 그 이전에도 화상회의나 화상영어 등의 플랫폼들이 있었지만, 대중화되지는 못했다.

이제는 그 시간을 지나면서 우리 일상에는 비대면 접촉이 무척 자연스럽고 쉬워졌다. 나도 그 혜택을 받는 한 사람이 되었고, 전국에 나와 같은 엄마들이 아이들을 재워놓고 자발적으로 유익한 모임에 참여할 수 있게 된 것이 불행 중 다행이라고 생각한다.

우리 집 남매들은 밤 10시에 잠자리에 든다. 매주 목요일 밤마다 9시 30분에 소등하고 자장가를 불러 주거나 옛이야기를 들려주며 재웠다. 아주 가끔은 같이 잠들기도 했다가 번뜩 눈을 뜨면 10시 30분이 넘어가기도 했다. 그럴 땐 부랴

부랴 온라인 모임에 접속해서 양해를 구하기도 했다.

하브루타 별밤 모임은 비슷한 나이의 두 자녀를 둔 엄마들 여남은 명이 모인 모임이다. 엄마들의 연령은 중요치 않다.(사실 내가 가장 나이가 많다) 이 모임의 목적은 하브루타 방식으로 자녀를 양육하기 위해 엄마들부터 하브루타로 이야기를 나누는 방법을 체득하려는 것이다.

육아하며 직장도 다니는 엄마들의 우울감을 혼자 감내하지 않고 새로운 무리를 만들어 무리 지어 함께 나누니 산등성이의 핑크 무리처럼 아름답다. 얼핏 보면 핑크뮬리 같은 분홍 꽃 몽우리를 멀찍이서 보니 하브루타 별밤의 엄마들이 생각났다.

함께 모여 새로운 빛으로 빛나는 모임을 잘 가꾸며 나와 내 가족의 삶도 잘 가꾸어 나가고 싶다.

내일도 목련하렴

엄마들이 할 수 있는 최선의 무리

<달무리>

너희도 무리 지었니?

지난번 핑크도 무리 지었던데

나도 무리가 좋아

혼자는 외롭거든

내일도 목련하렴

모임을 좋아했다. 20대에는 특히 술 모임에는 빠지지 않았다. 대학 3학년 때 초등국어교육 강의 시간의 일화가 떠오른다. 누군가 국어교육과 교수님께 질문했다.

"교수님, 어떤 사람이 수업을 잘하나요?"

교생실습을 앞두고 수업을 잘하고 싶던 한 학우의 물음이었다. 장국영을 닮은 교수님은 웃으면서 답하셨다.

"여러분들이 수업을 마치고 집에 가 있는데, '지금 학교 앞 호프집으로 나와!'라며 전화 거는 친구가 있죠? 여러분 과에도 그런 사람 있지 않습니까? 술자리에 나오라고 설득을 잘하는 사람, 집에서 쉬고 싶은데 어느덧 술자리에 나가게 만드는 친구, 술자리를 주도하는 친구! 그런 사람들이 수업을 잘할 겁니다."

교수님의 농담 섞인 말씀에 모두가 웃어넘겼지만, 과 동기들은 일제히 나를 쳐다보았다. 내 두 눈은 휘둥그레졌지만, 사실 그랬었다. 평상시에는 주도적인 성격이 아닌데, 술 한 모금 마실 때마다 부끄러움은 조금씩 자취를 감췄다. 평소보다 좀 더 기분이 들뜬 상태에서 주위 사람을 웃기기도 했고 분위기를 주도하기도 했다. 지금도 술 모임의 분위기를 한껏

띄우는 것에는 자신 있다. 물론 이젠 아무도 불러 주지 않고 부를 만한 친구들도 각자 바쁘게 살고 있는 터라 그야말로 '방구석 분위기 메이커'로 전락했지만 말이다.

학창 시절 나의 학우들이 인정했듯 젊은 날에는 술 마시며 사람들과 만나 수다 떠는 친목 모임을 좋아했다. 어린 남매를 키우면서 상황이 달라졌다. 더불어 마흔의 고개를 넘으며 자연스레 '술', '모임' 둘 모두와 담을 쌓고 지내다 급기야는 우울증까지 찾아왔다. 지금까지 내게서 발견하지 못한 무기력한 내 모습에 당황해서 이겨내려 안간힘을 썼다. 그리고 부끄러움을 무릅쓰고 육아 우울증을 직면한 내 모습을 글로 남기기 시작했다. 책을 읽으며 글도 쓰는 모임에 참여하면서 잊었던 나의 감수성도 되찾았다. 친목 모임과 술 모임에만 참여했던 내가 이제는 책 모임과 글쓰기 모임에 전념하고 있다.

법정 스님의 『오두막 편지』에서 말씀하신 시절 인연에 대한 부분이 떠오른다. 모든 인연에는 오고 가는 시기가 있어서 굳이 애쓰지 않아도 만나게 될 인연은 만나게 되고, 무진장 애를 써도 만나지 못할 인연은 만나지 못한다는 의미다.

내일도 목련하렴

사람이나 일, 물건과의 만남도 그 '때'가 있는 법이라고 언급하셨다.

청년의 시절에 술 모임과 친목 모임이 인연이었다면, 중년의 시절엔 책 모임과 글쓰기 모임이 인연이 되었다. 사람 오래 살고 볼 일이다. '술 모임'에서 '책 모임'으로 진심을 다하는 대상이 서로 상당한 괴리가 느껴지지 않는가. 노년기에는 어떤 모임과 인연이 되어 살아갈까? 생각지 못한 전혀 다른 모습으로 살아가고 있지 않을까?

술을 좋아했고 모임을 좋아했던, 여전히 사람을 좋아하는 내가 책으로 모임을 하며 어떤 삶을 살아갈지 호기심 가득한 눈으로 내 미래를 점쳐본다. 행여 골방에 들어앉아 홀로 책 읽는 고독한 노인이라도 좋다. 어차피 독서는 고독한 행위 그 자체이니.

이동진 작가는 『이동진 독서법』이라는 책에서 독서에 관해 이렇게 역설했다. '책을 읽는다는 건, 기본적으로 혼자 하는 것입니다. 그러니까 독서 체험 자체가 기본적으로 고독한 행위입니다.'라며, 현대인들이 가장 못 하는 것이 고독한 행위인데 우리는 일삼아서라도 정신적으로 홀로 설 수 있는 시간을 만들어야 한다고 강조한다.

책은 이토록 고독의 상징이지만, 사람과 사람 사이에 책이 들어가거나 책을 통해 사람과의 만남이 이루어진다면 고독하지만 외롭지는 않은 색다르고 따뜻한 경험을 할 수 있을 것이다.

또한 독서라는 것은 책을 쓴 작가와 읽는 독자와의 대화이다. 시공간이 동일하지 않은, 뭔가 우주적인 느낌의 대화 같은 것이다.

같은 시간 같은 장소에서 마주 보고 나누는 대화가 아니라 활자를 통해 다른 시간 다른 공간에서 대화를 나눈다. 시차가 있는 대화로 작가는 몇 개월, 몇 년 전에 글을 썼을 테지만, 독자는 작가가 쓴 이야기를 여러 계절이 바뀐 후에 읽게 된다.

그리고 대부분의 책은 작가의 생각과 삶이 고스란히 묻어 있다. 작가가 어떤 생각과 마음으로 삶을 살아가는지 만나서 전해 들을 수는 없지만, 활자를 통해서나마 작가에 대해 알 수 있다.

내가 생각하는 책의 매력은 바로 여기에 또 있다. 한 사람

내일도 목련하렴

을 안다는 것!

인간은 소우주다. 작가라는 하나의 소우주를 한 권의 책을 통해 조금 알게 된다.

밤하늘에 우주가 보인다. 저 멀리 떠 있는 행성인 별들보다 달은 지구 가까이에 있다.

외로이 홀로 떠 있는 달.

하지만 외로운 달 주변에 무리가 있다. 달무리라는 이름이 참 예쁘다.

이렇게 달은 오늘 밤에도 혼자 떠 있지만, 곁에는 늘 달무리와 함께한다.

아이들 옆을 지키느라 물리적인 시간을 낼 수 없는 엄마들에게는 독서가 최선의 취미이다.

오늘 밤에도 엄마는 책으로 수많은 작가를 만난다.

달은 달무리와, 엄마는 글무리와 함께.

3

돌 위에 사는 이끼들

내일도 목련하렴

\<돌 위의 이끼\>

햇살을 받지 못해
돌은 이끼들로 덮였다

햇살을 받지 않아
돌 위에서 살 수 있었다

"이 책은 자신이 옳다고 믿을 수 있는 권리를 찾기 위해 투쟁하는 사람에 관한 이야기라고 자부한다. 투쟁은 고통스럽지만, 충분히 의미 있는 것이다. 삶의 의미는 삶과 투쟁하는 데 있으며 그 투쟁은 또한 삶을 아름답게 만든다."

— 오사 게렌발, 『그들의 등 뒤에서는 좋은 향기가 난다』, 우리나비

물이 위에서 아래로 흐르듯 어떤 거스름 없이 유유히 흘러가는 삶이 있을까? 물이라는 물성은 바윗돌이나 흙더미를 만나게 되면 물의 방향을 바꾸게 된다. 그 속에도 작은 투쟁이 있기 마련이다. 새로운 물길을 내는 것은 고통이지만 새로운 물길을 내어 강으로, 바다로 흘러가는 것은 충분히 의미 있는 물의 숙명일 것이다.

한 사람의 인생도 삶과 투쟁하면서 더욱 아름다워진다. 여기서 '아름'은 바로 '나'의 의미가 있다. 그래서 삶과 투쟁할수록 나다운 삶을 살 수 있다. 누군가의 말에 잘 따르고 순응하기만 하는 삶은 진정한 '나다운 삶'이 아니다.

오사 게렌발이라는 한 여인이 있다. 그녀는 그래픽노블[4]이라는 장르를 통해 자신의 이야기를 끊임없이 펼치는 스웨덴

4)   문학적 구성과 특성을 지닌 작가주의 만화.

작가다. 나는 그녀의 작품을 통해 그녀의 삶을 만났다.

　작가는 어렸을 적 가족에게 받은 상처를 그래픽노블 장르로 10권 이상의 책을 출간했다. 여러 권의 책을 내면서 자신의 트라우마를 극복하는 과정을 보니 같은 여성으로서, 아이를 키우는 엄마로서, 학교에서 어린이들을 대하는 교사로서 많은 부분 공감되었다. 때로 내가 겪은 정서적 방치가 떠올랐고, 내 자녀와 학생들에게 했던 정서적 방치의 장면이 떠올랐다. 크게 두 가지의 장면이 기억에 남는다.

　주인공 제니의 엄마가 제니에게 물었다. "정말 빵 하나 더 먹을 거니?" 이 물음에 제니는 고민한다. '먹는다고 해야 하나? 아니라고 해? 뭐라고 대답해야 할지 모르겠어. 이 질문에 대답이 꼭 필요할까?'라고 생각하며 모호한 말들의 의미를 파악하려고 애쓴다. 제니의 부모는 제니에게 더 설명해 주지 않고 감정을 수용해 주지도 않는다. 제니는 자신이 할 일은 오직 어떻게 처신해야 할지를 연구하는 거라 여기며, 스스로 자기만의 규칙을 터득해 낸다.
　이 장면에서 교실에서 교사인 내 모습이 떠올랐다. 매일 학생들에게 수많은 질문을 한다. 어떤 학생은 거리낌 없이 답하고, 어떤 학생은 눈만 멀뚱히 뜨고 답하지 않는다. 때로 대답하지 않는 학생을 대답할 때까지 한없이 기다린 적도 있었고, 대답을 채근한 적도 있었다. 그 순간에 내가 모호한 질문을 했으리라는 생각은 해 보지도 못했으며, 그 학생이 자란 환경에 대해서도 깊게 고려치 못했다.

이 책을 읽고서야 부모의 정서적 방치에 노출된 아이들은 어른의 물음에 즉답을 못 한 채 주저할 수 있을 거라는 생각이 들었다. 그런 아이들을 위해 좀 더 자상한 어른이 되어야겠다고 생각했고, 모호한 질문보다 장황하더라도 자세한 설명을 해야겠다고 다짐했다.

또 다른 장면은 제니의 친구인 사라가 무서운 뱀을 만나는 경험을 했을 때, 사라의 엄마에게 안겨서 우는 장면이었다. 제니는 엄마에게 안겨 우는 사라를 멀뚱히 바라보았다. 제니는 엄마 품에 안겨 눈이 퉁퉁 붓도록 울고 있는 사라와 이런 행동을 너무나 아무렇지도 않게 받아들이는 사라의 엄마를 보고 충격을 받았다. 제니는 한 번도 감정의 수용과 정서적 지지를 부모로부터 받은 경험이 없기 때문이다.

이 부분을 읽었을 당시는 나의 어린 딸이 매일 적어도 한 시간씩 울던 시절이었다. 딸이 울기 시작하면 옆에서 우는 모습과 울음소리를 듣는 것이 엄마로서 너무 고통이라 외면했던 적이 많았다. 내가 어렸을 적에도 울기 시작하면 가족들이 달래주기보다 울지 말라고 채근했던 기억이 많다. 나도 모르게 딸에게 답습하는 내가 보였다.

어린 딸이 울 때는 울음이 그칠 때까지 안아주고 토닥이며 감정의 소요가 끝날 때까지 도와줘야 한다는 것을 생각지 못했다. 그저 그 울음이 끝나기만을 기다리거나 우는 아이를 방치하고 해야 할 집안일을 한 적도 많다. 이 책을 읽고서는 의식적으로라도 딸이 울면 안아주면서 아이의 불안하고 불편한 감정을 처리할 수 있게 도와주었다.

마지막 부분에서 제니는 자신의 트라우마를 제대로 알게 된 장면이 나온다. 그것은 가정폭력도 아니고 정서적 학대도 아닌 '정서적 방치'였다.

"얘길 들어보니 정서적 방치라고 알려진 트라우마에 시달려 왔던 것 같네요. 표면상으로는 안정적인 환경에서 지내는 것처럼 보여도 실제로는 결핍감으로 고통받고 있었던 거예요. 바로 이런 결핍감이 평생을 지고 살아온 모든 불안과 근심의 원흉이었던 겁니다."

제니를 상담해 주던 의사는 이렇게 말하며 상처는 회복될 수 있고, 성인이 된 지금의 관점에서 자신의 삶과 자기 스스로를 바라보는 법을 배울 수 있다고 조언해 주었다.

『그들의 등 뒤에서는 좋은 향기가 난다』 책을 시작으로 그녀의 여러 책을 사기도 하고 도서관에서 빌려 읽기도 했다. 한두 시간이면 단숨에 읽기 좋은 책 속에서 그녀의 유머와 풍자를 보며 피식 웃음이 나오기도 했다. 책을 덮고서는 한참 동안 나를 반성하기도 했다. 또 드러나지는 않지만 다양하게 정서가 병들고 있는 사람들의 모습을 떠올렸다.

울창한 숲, 큰 나무 아래 사는 돌은 햇빛을 받지 못한다. 그 덕에 이끼들은 돌을 감싸 안으며 살아간다. 습한 곳에 사는 이끼에게 빛이 들지 않은 돌은 최적의 장소이다.

인간은 때로 원치 않는 환경과 생각지 못한 사람을 만나며 산다. 이끼는 4억 년간 자신이 살아갈 환경을 찾아왔다. 이처럼 이끼가 지구상에서 끊임없이 자신의 생애를 창조하듯이 오사 게렌발이라는 작가도 자신을 치유하기 위해 끝없이 작품을 창조한다.

상처받은 내 영혼은 그늘진 곳에서 4억 년을 살아낸 이끼의 생태를 보며 위로를 받고, 상처투성이의 삶을 살아내려고 작품을 창조하는 작가를 보며 위안을 얻는다.

삶의 의미는 삶과 투쟁하는 데 있고, 투쟁은 삶을 아름답게 만든다. 돌 위의 이끼처럼.

4

함께하기 위한 공존의 거리

<공존의 거리>

서로 다른 나무의 가지는
각자의 영역을 침범하는 법이 없다
공존의 거리를 지킨다
가족이라는 공동체에서
서로를 옭아매는 일은 없도록 하자
너도 살고 나도 살고 우리로 살아가자
소중한 나
행복한 너
함께하는 우리!

수관기피(樹冠忌避)라는 말이 있다. 각 나무들의 우듬지가 뚜렷한 영역 내에서만 성장하는 현상이다. 나뭇잎이 아무리 우거져도 서로의 선을 절대 넘기지 않는 나무들의 거리 두기 방식이다. 서로의 영역을 침범하지 않는 나무에 대해서 코로나19 바이러스로 사회적 거리 두기를 할 때 회자하기도 했다.

정재승 박사는 TV 프로그램 〈집사부일체〉에서 패널들에게 이런 질문을 던졌다.

"지금까지 누구에게 가장 많이 화를 냈나요?"

패널들이 생각에 잠기면서 잠시 침묵이 흘렀다. 그 질문에 프로그램 출연진도, 시청자 대부분도 한 사람이 떠올랐을 것이다. 바로 '엄마'다. 나도 학창 시절에 엄마에게 짜증을 내거나 엄마 탓을 많이 했던 기억이 있다. 왜 우리는 엄마에게 화를 가장 많이 낼까? 가장 가깝고 가장 사랑하는 사람에게 화도 가장 많이 내는 것을 정재승 박사는 뇌과학으로 풀어 설명해 주었다.

나와 가까운 관계일수록 나를 인지하는 곳과 가깝게 저장되어 있다는 것이다. 특히 한국 사회는 놀랍게도 '나를 인지하는 곳'에 '엄마도 인지한다'라고 한다. 엄마와 나를 동일시

하기 때문에 내 마음대로 통제하고 싶어 한다고 했다. 나와 한 몸이라고 생각해서, 내가 너무 사랑하기 때문에 통제가 안 되면 불같이 화가 난다는 것이다.

내가 꾸린 가정에서는 그 '엄마'라는 자리에 바로 '내'가 있다. 원가정에서는 철부지 막내였던 내가 엄마가 되어 여러모로 고군분투하고 있다. 가족들이 크든 작든 일의 결과가 좋지 않을 때 내 탓을 할 때가 많았다. 내 포용력은 그리 넓지 않아 다 받아주기가 힘에 부쳤다. 함께 잘 사는 방법을 모색해야 했다.

가까운 가족을 나로 인식하지 않게 조금씩 거리를 두기 시작했다. 엄마로도 배우자로도 자신만의 시간이 필요하고, 공간도 필요하다. 엄마도 희생만 하는 존재가 아니라 하나의 독립된 인격체다. 자녀 양육의 목적이 독립이듯, 가족 구성원도 자녀가 자라면서 각자 건강하게 독립할 수 있게 서로의 영역과 경계를 인정해 주어야 한다.

새 학년이 시작되면 복도에 학급 안내판을 걸어 둔다. 매년 학급 안내판의 아랫부분에는 학급 친구들의 사진을 넣다가 십여 년 전부터는 초상권 보호가 강화되어 교실 외부에는 교사나 학생의 사진을 좀처럼 붙여두지 않는다. 이제는 급훈이나 학급 약속을 넣어 학급 안내판을 구성하곤 한다.

매년 학급의 특성에 맞게 새로운 학급 안내판을 만들다가 몇 해 전부터는 나의 학급경영 철학이 담긴 문구를 써넣었다.

'소중한 나, 행복한 너, 함께하는 우리!'

이 글자를 색색이 예쁘게 단장해서 힘주어 써 놓는다. 짧은 문구지만 교실에서 교사로서 하고픈 말이 이 안에 다 들어 있다.

교실에서의 일상은 사소한 갈등의 연속이다. 옆자리에 앉은 짝꿍의 지우개를 말없이 사용하고, 자신의 가위가 있으면서도 짝꿍의 가위를 말없이 가져가기도 한다. 어른들도 때로 생각 없이 행동하고 말하는데 아이들은 오죽할까. 친구가 내 지우개를 말없이 가져가는 건 아이들에게 무척이나 중요한 일이다.

'지우개 좀 빌려줄래?'라는 단 한마디만 하고 가져가면 아무런 문제가 되지 않는 일인데 다른 사람의 의견을 묻고 양

해를 구하는 게 습관이 되지 않은 아이들에게는 쉬운 일이
아니다.

그저 지우개 한 번 빌려 쓰는데 무슨 갈등이 그리 있겠냐
고 생각할 수 있지만, 친구의 물건을 허락 없이 가져다 쓰는
학생은 습관을 고치기 어렵다. 그럼, 짝꿍은 그런 상황을 늘
당해야 하는 처지에 놓인다. 한 번은 누구나 관대하게 빌려
줄 수 있지만, 작은 것이라도 무례함이 계속된다면 참아낼
사람은 많지 않다.

교실에서 같이 생활하다 보니 가까워진 친구의 물건이 그
저 내 것인지 네 것인지 구별하기 어렵기도 하겠다. 그래서
교실에서도 서로의 선을 지키는 거리 두기가 필수다. 이 기
본 약속만 지킨다면 평화로운 교실을 만들 수 있다.

> 나무도, 가족도, 교실 속 아이들도
> 나를 소중히 지키고
> 너의 행복도 인정하는 게
> 함께 평화롭게 공존하는 최적의 방법이 아닐까?

5

아버지를 닮은 키 큰 나무

내일도 목련하렴

<키 큰 나무>

내가 태어났던 집은 분명 천장이 낮았다
아빠가 서 있으면 천장에 머리가 닿았으니까
내가 자랐던 시골집은 분명 안방이 좁았다
아빠가 누워 있으면 문지방까지 머리가 닿았으니까

병원 입원실 침대 사이즈는 죄다 작았다
아빠가 누워 있을 때 두 발이 삐져나왔으니까
오동나무로 만든 관은 무척이나 아담했다
그 속에 누운 아빠가 내내 불편해 보였으니까

키가 큰 나무는 하늘 높은 줄 몰라도 괜찮다
키가 큰 아빠는 이 작은 세상이 얼마나 불편했을까

우리 삼 남매는 묘비명을 정해 넣었다
그곳에서는 마음 편히 행복하게 지내시라고……,
부디

둘째를 낳던 날 눈이 내렸다. 내가 태어나던 날도 눈이 내렸다는데, 딸도 나처럼 겨울에 태어났다. 눈에 밟히는 어린 아들을 친정 부모님께 맡기고 산후조리원에 있었다. 갑자기 엄마한테서 전화가 왔다. 아빠가 급하게 고향에 내려가셨다고 한다.

내가 막내라 그런지 집안의 대소사가 있을 때는 가족 모두가 좀처럼 나에게 알리지 않았다. 부모님과 언니, 오빠가 의논해서 처리하고 좋은 일이든 나쁜 일이든 나에게는 그저 결과만 알려주었다. 아빠가 무슨 연유로 급히 고향에 가야 했는지도 굳이 나에게 아무도 말하지 않았다.

2주의 산후조리원 생활을 마치고 집에 왔을 때, 엄마는 아빠의 건강검진 결과에서 암을 발견했다고 알려주셨다. 그저 아주 초기 암이라 신경 쓸 거 없다고 젖먹이 아기나 잘 돌보라고만 말씀하셨다.

그러다 딸의 백일 잔치를 앞두었을 때 아빠가 암 수술을 하셨다. 암에 대해 너무나 무지했던 터라 아빠의 말씀을 그대로 믿고 수술이 잘됐다고 하니 나는 아들과 딸을 돌보는 일에만 전념했다.

내일도 목련하렴

시간이 지나 그 암이 간암이었고, 간암은 초기 암이라도 무척 위험하다는 것을 뒤늦게 알았다. 치명적인 암 중의 하나라는 것도 몰랐었다.

아빠는 수술이 잘 되었다고 다시 예전처럼 골프도 치러 다니시고 즐겁게 생활하셨다. 어린 딸을 키우며 딸이 심심해할 때 아빠와 영상통화를 하면 아빠는 엄마와 여행도 가고, 친구들도 만나러 다니시는 듯했다.

딸이 태어난 지 10개월쯤 되던 어느 날, 아빠가 영상통화를 받지 않으셨다. 무언가 느낌이 이상하여 전화를 걸었다. 아빠는 옆구리가 아파 병원에 입원하셨다고 했다. 여전히 별거 아니라고 신경 쓸 거 없다고 하셨다. 내 아이 둘을 돌보느라 나는 넋이 나갈 때라 크게 걱정은 안 했지만, 혹시 몰라 엄마한테 연락했다.

"의사가 나를 부르더니 다른 가족은 더 없냐고 그러네. 자식들을 데려오라네."

"엄마, 뭐가 잘못된 거 아니야? 언니랑 당장 내려갈게요."

남편에게 남매를 맡기고 고향 근처의 종합병원으로 갔다. 담당 의사를 만났다. 간암이 재발하여 암이 간을 다 뒤덮은 상태라 길어야 1년을 살 수 있다고 했다. 너무 놀랐고 슬펐지만, 마음을 가다듬고 아빠를 만나러 입원실로 갔다. 키가 185cm인 아빠는 작은 병원 침대에 쪼그려 누워 계셨다. 1948년생인 아빠는 그 시대에 누구보다 키가 크셨다. 아빠에게 넉넉한 병원 침대는 없었다. 내가 다가가니 아빠는 아픈 몸을 일으켜 겨우 앉으셨다.

"아빠, 잘 드시면 낫는대요. 특히 단백질을 많이 먹는 게 좋대요."
"안 먹히는데 오늘은 병원 밥 깨끗이 다 먹었어."
"잘하셨어요. 아빠."

이게 아빠와의 마지막 대화였다. 아빠는 일주일 후 의식을 완전히 잃으셨고 병원에 입원한 지 2주 만에 그렇게 생과 영영 이별하셨다.
의사가 말한 1년이라는 시간을 믿고 우리는 집으로 돌아왔고, 아빠는 자신이 어떤 상태인지도 모른 채 점점 의식을 잃으셨던 거다. 아빠의 병명은 아빠가 돌아가시던 날에야 나왔다. 의식이 있었던 일주일 내내 검사만 하시더니 뒤늦게 결과가 나왔다. 정확히 '간내 담관암'이라는 소견이 사망진단서에 적혀 있었다. 담관암이 얼마나 치명적인 병인지도 처음 알게 되었다.

돌도 안 지난 둘째를 둘러업고 아빠의 장례를 무슨 정신으로 치렀는지 모르겠다. 가족들은 입관식이 처음인 나를 걱정했다. 나는 입관식이 무엇인지도 모른 채 아빠와 마지막 인사를 할 수 있는 시간이라는 말을 듣고 입관 장소로 들어갔다.

생전 처음 입관실에 들어섰는데, 그 대상이 아빠라는 게 믿기지 않았다. 장례지도사가 아빠가 계신 곳을 안내해 주었다. 마지막까지 견딜 수 없는 고통을 느끼셨던 터라, 내가 알던 아빠의 얼굴이 아니었다. 게다가 아빠가 누워 계신 관이 너무 작았다. 장례지도사는 딱 맞고 괜찮다고 했지만, 마지막 누운 자리까지 아빠가 내내 불편해 보여 슬프고도 슬펐다.

예전에 살던 시골집은 천장이 낮아 아빠는 늘 고개를 숙이며 다니셨다. 병원 침대는 왜 그리 또 사이즈가 작은지, 마지막 가시는 그 공간도 몹시 좁아 보였다. 이제는 이렇게 좁은 곳보다 너른 세상에서 편히 지내시리라 믿는다.

아빠, 잘 계시죠? 우리 언젠가 또 만나요!

— 사랑하는 아빠의 영원한 막내딸이

6

우뚝 선 나무에게 묻다

\<우뚝 선 나무\>

몇 년을 살면 길 끝에서
이리도 우뚝 서 있을까
어떻게 살면 햇살 아래
이리도 단단히 서 있을까

몇 년을 키워내면 세상 속에서
우뚝 서 있는 사람이 될까
얼마의 사랑을 주면 햇살 아래
단단히 서 있는 네가 될까

내일도 목련하렴

"어릴 때 모든 결정을 부모가 대신 내려주면 아이가 스스로 내리는 결정들이 부모가 전혀 원하지 않은 방향일 수 있다. 선택하고 결정하는 능력도 훈련 없이는 길러지지 않기 때문이다."
— 전성수, 『부모라면 유대인처럼 하브루타로 교육하라』, 위즈덤하우스

방학에는 그동안 바빠서 만나지 못했던 사람들을 만난다. 교직 생활을 하면서 지인이나 친구들과의 대화에서 '방학 때 보자!'라는 말로 마무리하기 일쑤다. 실로 학기 중에는 사적인 만남을 갖기가 쉽지 않다. 학기 중에 따로 휴가가 없는 교사들은 주로 방학을 이용해 못다 한 공부를 하거나 미뤄두었던 사적 모임을 하게 된다.

방학이 되어 교사인 한 친구를 만났다. 친구는 그동안 동학년 부장 교사로 인해 너무 힘든 시간을 보냈다고 털어놨다. 그 부장 교사는 50대 남교사로, 모든 선택 하나하나를 같은 학년 선생님들한테 물어본다고 했다.

예를 들어 학년에서 필요한 서류를 인쇄할 때, 흑백 인쇄물과 컬러 인쇄물을 양손에 들고 학년 선생님들을 연구실에 모이게 한단다.

"선생님들, 이게 좋아요? 저게 좋아요? 이렇게 할까요? 저

렇게 할까요?"

이런 물음들을 수도 없이 한다고 고충을 털어놓았다. 여러 사람의 의견을 묻는 건 민주적인 의사소통 방식의 하나로 예찬받아 마땅하지만, 그건 중대한 일을 결정할 때나 해당한다. 부장 교사 정도면 바쁜 일상에서 사소한 결정은 혼자하고 그 선택의 결과도 본인이 책임질 줄 알아야 한다. 그건 바쁜 동 학년 선생님들을 배려하는 일이다. 학교는 매일 처리해야 할 일이 많고 교사들은 화장실 갈 시간도 없이 일에 몰두할 때가 많은 게 현실이기 때문이다. 물론 비단 50대 부장 교사의 일만은 아닐 것이다.

우리는 살면서 수많은 선택의 기로에 놓인다. 중대한 결정은 사흘 밤낮을 고민하고 주변인들에게 조언도 들어야 할 일이다. 하지만 사사로운 일에는 스스로 판단을 내리고 좋은 선택을 할 줄 알아야 한다.

그러면 위 사례의 50대 부장 교사는 사소한 선택을 왜 쉽사리 하지 못하였을까? 여러 가지로 추측해 보았다.

첫째는 어려서부터 스스로 선택하지 않고 모든 결정을 부모가 대신 해주었을 가능성이 있다. 좋은 선택에 대한 경험

내일도 목련하렴

이 많지 않다면 선택하고 결정하는 훈련이 되지 않은 것이다. 그런 채로 50년을 넘게 산 것이다.

둘째는 선택의 결과에 대해 책임지고 싶지 않을 가능성이 있다. 모든 선택지에는 결과가 따른다. 결과가 좋지 않았을 때는 그 결과에 대해 누군가에게 원망을 듣게 된다. 칭찬만 듣고 자랐을 경우와 실패에 대한 두려움이 큰 경우가 있겠다.

마지막으로는 선택의 기준이 뚜렷하지 않은 우유부단한 경우도 있다. 어떤 선택도 다 그저 그런 경우, 내가 어떤 것을 좋아하고 무엇을 힘들어하는지에 대한 성찰을 많이 하지 않아서일 수 있다.

친구를 힘들게 한 50대 부장 교사의 이야기를 듣고, 집으로 돌아와 우리 아들을 보았다. 점차 짜증이 늘고 엄마 탓을 하는 아들이 보였다. 유치원에 가기 전에는 대부분의 결정을 엄마인 내가 해주었다. 모든 선택과 결정을 엄마한테 맡기면 결과가 좋을 때는 당연시하였고, 결과가 좋지 않을 땐 엄마를 탓했다.

마침 신발이 작아 운동화가 필요한 날이었다. 신발은 주로 인터넷 쇼핑몰에서 주문해서 사주었는데, 이번에는 아들이 직접 선택하라고 근처 신발 가게에 데리고 갔다. 매장에 들어서자마자 아들은 외쳤다.

"엄마, 저 파란 신발 멋져요. 저는 파란색이 좋아요."
"옳다구나. 그래 한번 신어보렴."

아들은 신발을 신어보고 딱 좋다며 반짝이는 파란 신발을 골랐다. 계산대에서 값을 치르며 나는 다시 한번 강조했다.

"네가 고른 거 마음에 드니?"
"네. 반짝이는 로봇이 멋져요. 하하."

아주 즐거운 쇼핑을 마무리하고 며칠 동안 신발을 신고 다녔다. 얼마 후 아들은 신발의 불편한 점이 있다며 토로했다. 예전 같았으면 신발을 선택한 엄마를 탓했을 텐데, 이제는 선택의 결과도 자신의 몫인 걸 아는지 누구의 탓도 하지 않았다.

가끔 학급의 아이들도 사사건건 선생님에게 의견을 묻는 경우가 있다. 스스로 할 수 있는 아주 미미한 결정도 선생님

내일도 목련하렴

의 도움이 필요한 학생들이 있다. 그 아이들의 부모님과 상담하다 보면 아이가 왜 사소한 결정 앞에서도 주저하는지를 알 수 있다. 통제적인 부모에게 교육받은 어린이들은 선택과 결정을 누군가에게 의지하기 마련이다.

교육의 최종 목적은 독립에 있다. 아이를 한 사람의 독립적인 인격체로 성장하도록 돕는다면 과도한 통제는 오히려 아이의 독립에 악영향을 끼칠 것이다.

길 끝에 우뚝 선 나무를 보며, 얼마의 세월을 보냈냐고 물었다. 세파에 시달려 더욱 단단해졌을 우뚝 선 나무처럼 우리 집의 아이들도, 교실의 아이들도 수도 없는 흔들림 속에서 단단하게 자라나길 빌어 본다.

스스로 원하는 선택과 결정을 하며 길 위에 굳건히 서 보렴, 저 우뚝 선 나무처럼.

자연에서
인생을 읽다

책 속에 파묻히다

<파묻힘>

책에 취미를 붙이면서 내 방은 책 방이 되었다
고개를 돌리는 족족 책더미를 만난다
여기저기 온통 책이다
책을 세우다가 책을 눕히다가
도서관 상호대차로 책을 잔뜩 빌리기도 한다
반납 임박 문자에 못다 읽은 책을 가방에 꾸역꾸역 담아
반납 통에 넣고 돌아 나오는 밤길에
사방천지 만개한 꽃들이 보이네

고개를 돌리는 족족 꽃 더미를 만난다
여기저기 온통 꽃이다
꽃을 보다 꽃을 찍다가
꽃들에게 다가가 향내도 맡아본다
비 소식에 못다 핀 꽃들은 힘주어 만개하려나
봄에,
꽃들에게 취미를 붙이면서 내 맘은 꽃 맘이 되었네

내일도 목련하렴

고대 그리스의 철학자 플라톤은 행복의 조건에 대해 이렇게 말했다.

첫째, 먹고 살고 입기에 조금은 부족한 재산

둘째, 모든 사람이 칭찬하기엔 약간 부족한 외모

셋째, 자신이 생각하는 것의 반밖에 인정받지 못하는 명예

넷째, 한 사람에겐 이겨도 두 사람에겐 질 정도의 체력

다섯째, 듣는 사람의 반 정도만 박수를 치는 말솜씨

이 조건에 따르면 나는 무척 행복한 사람이다. 뭘 해도 어중간했다. 특별히 좋아하고 잘하는 것은 없었다. 조금씩 이것저것 다 좋았고 다 조금만 잘했다. 그래서 교대에 갔을 때 모든 과목을 다 공부하고 다 가르치는 것이 어쩌면 적성에 맞았는지도 모른다. 스포츠, 미술, 음악, 어학 공부, 요리 등 다양한 분야에 관심이 있었고 다 배워두었다. 하지만 무엇을 해도 특별히 잘하기 전에 다른 것에 관심이 생겨서 다른 취미에 몰두했다.

발령받은 첫 해, 어려서부터 그토록 다니고 싶었지만, 엄마한테 말도 못 꺼냈던 미술학원에 등록했다. 스물네 살에

퇴근 후 화실에 앉아 데생과 수채화를 몇 시간씩 그렸다. 2년 동안 열과 성을 다했지만 그림을 그릴수록 내 재능의 한계를 느끼고 그만두었다.

해외 배낭여행을 다니다가 외국어의 필요성을 느껴서 일본어를 배우러 다녔다. 또 열과 성을 다해 공부하다가 2년 후에 그만두었다.

바흐의 무반주 첼로 곡에 빠져 첼로를 3년간 배우고, 샤라포바에게 빠져 테니스를 2년 배우고, 뜨개질이나 재봉, 홈베이킹 할 것 없이 다양한 분야에 발을 담그며 놀았다. 그렇게 놀다가 아이를 낳고 육아에 전념하면서는 취미를 가질 수 없었다. 오직 할 수 있는 건 아이가 잘 때 같이 잠들거나 밀린 집안일을 하다가 가끔 드라마를 보는 것이다.

취미가 많은 인간에서 취미가 없는 인간의 삶이 되었다. 첫 아이를 낳고서는 육아도 다른 취미처럼 2년 동안은 푹 빠져서 열과 성을 다했다. 취미는 하다가 싫증이 나거나 다른 관심사가 생기면 그만두면 되지만 육아는 달랐다. 끝이 보이지 않는데 독박육아(이 말을 좋아하지 않지만 이보다 딱 맞는 낱말도 없다)를 그만둘 수도 없다. 내가 낳았으니, 누구를 탓하겠는가.

아이를 키우다 나의 육아 방식이 어떤지 몰라 육아서를 읽기 시작하면서 책을 들게 되었다. 아이의 교육을 위해 엄마표 교육에 관한 책을 읽기 시작했다. 그러다 원래 소설을 좋아해서 도서관에 간 김에 아이를 재워놓고 소설도 읽고 에세이도 읽었다. 또 고등학교 시절에는 시를 유난히 좋아해서 '시녀(詩女)'라는 별명까지 붙은 나를 떠올리며 시집도 읽었다.

그렇게 조금씩 읽어가다가 우울증이 제대로 오고부터 상담센터를 다니면서 상담 선생님이 추천해 주시는 책을 읽었다. 책에 파묻혀 살기 시작했고 집에는 아이들의 책보다 내 책이 점점 쌓여갔다.

독서라는 취미를 갖게 된 지금, 다른 취미를 그만뒀듯이 또 언제 그만둘지는 확신할 수 없다. 하지만 한 가지 확실한 건 독서는 경제적이어서 좋다는 것이다. 주로 책은 도서관에서 빌려 읽거나 중고로 사서 읽는다. 가끔 중고 서적에도 없는 책은 새 책을 사서 읽는다.

그동안의 취미였던 그림은 화실에 매달 돈을 내야 하고 갖가지 수채 용구와 화구가 필요했다. 첼로도 레슨비, 악기뿐 아니라 첼로 케이스도 무척 비쌌다. 재봉틀도 최고급으로 샀고, 피아노도 야마하 업라이트를 비싼 가격에 주고 샀다. 일본어 공부도 학원비와 교재비로 돈을 많이 들였고, 테니스는 말할 것도 없이 라켓과 레슨비와 신발까지 많은 돈을 들였다.

그에 비해 독서는 책만 있으면 된다. 요즘은 도서관 시스템이 무척 잘 되어 있다. '상호대차'라는 서비스도 생겨서 관내 도서관에 있는 책들을 앱에서 클릭만 하면 집 앞 도서관에서 빌려 읽을 수 있다. '책이음'이라는 시스템은 시골집 근처에 있는 도서관도 기존의 도서 카드 하나로 모두 이용할 수 있다.

정말이지 도서관에 다닐 때마다 속으로 만세를 부른다. 내어릴 적에는 공공도서관은 멀리 있었고, 학교 도서관에는 책이 별로 없었다. 하지만 지금은 사방천지에 널린 게 책이다. 내가 근무하는 학교 도서관에도 읽을 수 있는 동화도 많고 학부모나 교사용 도서도 비치되어 있어서 나에게는 천국이다.

책을 좋아하게 되고부터 무료로 즐길 수 있는 나의 취미가더 좋아졌다. 게다가 지구 환경보호에는 인간이 가만히 있어

주는 게 도움이 된다고 하는데, 독서야말로 가만히 앉아 책만 보는 것이니 얼마나 탁월한 취미인가.

꽃도 마찬가지다. 어릴 때야 꽃이 예쁘다는 생각을 별로 하지 않았던 것 같다. 봄이 더욱 짙어지면서 사방천지에 봄꽃이 만개한다. 이 무료로 즐길 수 있는 아름다움이 어찌나 복되고 감사한 일인가.

꽃피는 봄날, 최고로 감사한 대상은 꽃이다. 흩날리는 벚꽃잎 하나에도 감사한 건 아무래도 내가 취미를 다 잃고 우울증이라는 수렁에 빠졌다 나와서 그런 건 아닐까? 매해 피던 꽃도 지금 더 아름다워 보이는 건 꽃과 함께 내 마음이 마법을 부려서인 것 같다.

가끔 가족끼리 감사 일기를 쓴다. 오늘의 감사 일기를 가족 일기장에도 옮겨 적어 본다.

책을 무료로 읽을 수 있어 감사합니다.
꽃을 무료로 즐길 수 있어서 감사합니다.
고개를 돌리면 온 사방 봄꽃이 환대해 주어 감사합니다.
고개를 돌리면 온 사방 도서관과 책이 있어 감사합니다.

매혹하는 꽃길에서 흔들리지 않는 불혹

<매혹하는 꽃길>

신호등 빨간 불을 보듯
멈춘다
신호등 초록 불을 보듯
다시 걷는다

걷다가 멈추고
걷다가 멈추는
신호의 시간은
매혹하는 빛의 유효함일 뿐

'불혹(不惑)'이라는 말은 세상일에 정신을 빼앗겨 갈팡질팡하거나 판단을 흐리는 일이 없게 되었음을 뜻한다. 공자가 40세에 이르러 직접 체험한 것으로, 『논어』〈위정편(爲政篇)〉에 언급된 내용이다. 내가 서른쯤에, 나보다 먼저 불혹을 갓 지난 친한 언니가 이런 말을 했다.

"불혹인데 더 흔들리는 것 같아. 주변의 말과 유혹에 더 흔들려. 불혹이라는 말은 '이렇게 흔들릴 테니, 흔들리지 말아라.'라는 의미인 것 같아. 적어도 나에게는."

갓 '이립(而立)'이 된 나는 그 말의 의미를 잘 몰랐다. 내가 불혹을 지나 보니 나도 여전히 갈팡질팡하고 있었다. 이 길로 갈까? 저 길로 갈까?

불혹을 지나고 내 앞에 두 개의 길이 손짓했다. 하나의 길은 스무 살 때부터 알던 친구 두 명이 가는 길이다. 그 친구들은 교육학을 전공하고 석사까지 마친 후에 결혼과 육아의 길로 접어들었다. 그리고 자녀에게 손이 덜 가던 몇 해 전부터 재테크에 관심을 두고 본격적으로 '경매' 공부를 시작했다. 여러 경매물건을 낙찰받고, 경매 관련 책을 쓰고 강연까지 다니는 친구들이다. 오랜 친구들이어서 나도 주말마다 경매를 공부하겠다고 하면 언제든 그 길로 잘 안내해 줄 것 같았다.

'매주 토요일 아이들을 남편에게 맡기고 본격적으로 경매 공부를 하러 다닐까?'

'주말 주택을 지어 놓고 매주 아이들과 마당에서 뛰어놀고 텃밭에 식물도 기르는데 이걸 다 관두어야 하나?'

'나도 경제적 자유를 이루고 싶다.'

그 친구들을 만나고 돌아올 때면 늘 이런 내적 갈등을 하게 되었다. 그렇게 몇 달 동안 지금 내 상황과 내 성향을 고민했다.

또 다른 하나의 길은 우울증에 시달리던 때에 만난 독서와 글쓰기의 길이다. 고등학교 재학 시절에 잠시 문학에 빠져 매일 시를 외우고 세계문학 전집을 읽어 대던 때도 있었지만, 성인이 되어서는 그토록 심취하여 책을 읽은 적은 없었다. 간혹 필요한 책들을 노트에 적으며 읽기는 했지만, 감수성이 풍부했던 시절에 했던 독서 수준은 아니었다. 하지만 중년의 독서는 달랐다. 좋아서 하는 독서라기보다 살기 위한 독서였고, 매일 읽기 위해 기록도 하고 독서 모임도 했다. 삶의 경험만큼 독서의 의미도 남달랐다. 점차 책 모임과 글쓰기에 빠져들게 되었다.

경매모임과 책 모임은 모두 토요일에 있었다. 매주 토요일에 친구 따라 경매모임에 갈 것인가, 토요일마다 하는 독서 모임에 참여할 것인가를 놓고 고민한 것이다.

두 모임 모두 성장에 관한 모임이다. 경매를 잘 배워두면 경제적인 성장을, 책을 잘 읽으면 내면의 성장을 이룰 수 있다. 또 두 모임은 자유에 관한 모임이다. 경매를 배워서 경제적 자유를 얻을 것인가, 책을 읽고 내적 자유를 얻을 것인가.

이렇게 갈등의 갈림길에서 마침 우리 가족이 살던 집을 전세로 내놓게 되었다. 전셋값의 하락으로 집을 보러오는 사람이 없었다. 몇 날 며칠을 걱정하니 흰머리만 늘어갔다. 어쩔 수 없이 가격을 많이 낮추고서야 세입자를 겨우 찾았다.

집을 전세로 내놓고 새로운 집을 얻으면서 깨달았다. 경매, 주식 등의 재테크는 통제할 수 없는 상황이니만큼 내가 무기력해지기 쉬웠다. 부동산 투자나 개인 자산 운용은 나의 선택만이 아니라 거시 경제의 흐름이 크게 영향을 미쳤고, 거시 경제의 흐름은 내가 통제할 수 있는 영역이 아니란 것을 알았다.

반면, 책 모임과 글쓰기는 내가 통제할 수 있는 영역이었다. 읽고 싶은 책을 읽고, 하고 싶은 책 모임을 하며 내 생각을 글로 쓰고 나면 나도 모르게 치유와 성장이 함께 했다.

적어도 나라는 사람은 내가 '통제할 수 있는 것'과 '통제할 수 없는 것'을 기준으로 선택과 결정을 하며 살아가야겠다고 결심했다. 또 나의 성향상 나는 정답과 성과만 있는 재테크보다는 나다운 해답과 성장이 있는 독서와 글쓰기가 어울린다는 결론을 내리게 되었다. 그렇게 최종적으로 나는 책 모임을 선택했다.

매혹하는 꽃길을 지나며 잠시 머물러 들여다보듯, 매혹하는 부동산 경매의 세계를 머뭇거렸다. 그 매혹스러운 이면을 생각하며 다시 초록 길을 건너다가 흔하디흔한 풀꽃을 들여다보았다. 나태주 시인의 「풀꽃」이라는 시에서 말하는 것처럼 '자세히 보아야 예쁜' 풀꽃을 천천히 자세히 들여다보며, 내 마음은 오래 보아야 아름다움을 아는 '책'에 머문다.

매혹하는 꽃길에서 흔들리지 않을 독서의 길을 선택하다.

3

아티스트 웨이, 나에게 맞는 길

\<나만의 길\>

새가 다녀가도
꽃이 다녀가도
바람이 흔들어 놓아도
다시 제자리로 돌아오는 일

나무만의 일은
나무만이 안다

나만의 일은
나만이 안다

나만이 아는 일
묵묵히 걷는 나만의 길을

내일도 목련하렴

가장 힘든 순간에 나의 이야기를 끊지 않고 끝까지 들어주고, 나에게 맞는 시의적절한 책을 한 권씩 권해주시던 상담가님이 있었다. 그분이 마지막으로 소개해 준 책은 줄리아 캐머런의 『아티스트 웨이』였다. 아티스트 웨이? 아티스트가 되라는 책인가? 상담이 끝나고, 바로 서점으로 달려가 그 책을 집어 들었다.

책을 찾아 표지부터 살펴보니 창조성을 회복하는 기본 과정으로 '모닝 페이지'를 추천하고 있었다. 매일 아침 공책에 의식의 흐름을 세 쪽 정도 적는 것이다. 12주 동안 매일 아침 2시간씩 글을 쓰라고 한다. 상담가님도 모닝 페이지를 통해 자신에게 큰 변화가 있었다고 했다.

'모닝, 모닝? 아침잠이 많고 야행성인 내가 아침에 일어날 수 있을까?'

먼저 모닝 페이지를 할 수 없는 이유부터 수없이 생각해 냈다.

'저혈압이라서 아침에 혈압이 낮고 어지럽다. 아침마다 어린이집에 등원하는 남매를 챙겨서 보내고 출근하느라 바쁘다. 저질 체력의 소유자가 아침부터 체력을 다 소비하면 분

명 며칠 가지 않아 쓰러질 것이다. 오전에 집중적으로 에너지를 많이 사용하는 교사라는 직업 특성상 새벽 5시에 기상하여 2시간 동안 모닝 페이지를 쓰는 것은 아무리 생각해도 내가 할 수 없는 일이다.'

새로운 일에 앞서, 안되는 이유만 늘어놓는 내가 보였다. 그래도 시작은 해 보자고 마음먹었다.

첫날, 모닝 페이지를 실천하려면 아침 일찍 일어나야 하니 밤 10시에 아이들을 재우며 같이 잠들었다. 그리고 다음 날 아침 5시에 기상했다. 가을 아침 공기가 나의 미라클 모닝을 반겨주는 것 같았다.

책에서 말한 의식의 흐름대로 아무 말 대잔치를 공책에 마구 토해냈다. 펜을 든 나의 손이 내 생각을 따라잡기 힘들 정도였다. 한참을 쓰다 보니 공책의 한쪽이 채워졌다. 그리고는 이내 졸음이 쏟아졌다. 이대로 아침 7시가 되면 아이들이 일어나고 밥을 먹이고 씻기고 옷을 입히고 나도 출근 준비를 해야 한다. 도저히 새벽 시간을 온전히 몰입하기에는 하루를 망칠 것 같은 불안이 엄습해 왔다. 하품은 더욱 났다.

마침 다섯 살이던 딸이 뒤척이며 우는 소리가 들렸다. 아이에게로 달려가 토닥토닥하며 옆에 누웠다. 나도 모르게 포근한 이불 속으로 빨려 들어가 버렸다. 꿈속에서 헤매다 깨어보니 아침 7시 30분이었다. 평상시보다 더 늦잠을 잔 것이다. 부랴부랴 아이들 등원과 나의 출근을 준비하고 집을 뛰쳐나왔다.

'아, 역시 무리였어. 남들이 다 한다고 나도 할 수 있는 건 아니야. 내 상황을 봐. 모닝 페이지고 미라클 모닝이고, 내 상황에서 가당키나 해? 내가 휴직을 한 것도 아니고 게다가 내가 가장 좋아하는 아침잠을 앗아 가는 건 가혹해. 나의 가장 큰 행복이자 낙, 아침잠! 뺏길 수 없어!'

또다시 모닝 페이지를 쓸 수 없는 이유가 잔뜩 생각났다. 작심삼일이라는 말이 무색하게 단 하루 만에 나의 작심을 철회하였다. 삼일천하도 아니고 일일천하. 그렇게 영영 나의 모닝 페이지 결심은 흔적도 없이 사라졌다. 하지만 무척 아쉬웠다. 무언가 글로 토해낼 것이 많은 상황이었는데 말이다.

비록 모닝 페이지는 실패하였지만, 그 길로 근처 아울렛에 가서 노트북을 3개월 할부로 사버렸다.

'그래, 팔 아프게 공책에 쓰지 말고 노트북에 쓰자! 아침에 쓰지 말고 밤에 써 보자!'

나의 상황에 맞게 노트북에 매일 밤 쓰기로 결심했다. 내가 처한 현실과 타협해서 매일 밤 아이들을 재워놓고 밤 열 시부터 열두 시까지 나이트 페이지를 썼다. 미라클 모닝이 아니라 미라클 나이트를 이루겠다며 글을 쓰기 시작한 것이다. 이렇게 매일 두 시간씩 글을 쓰는 혼자만의 시간을 확보하게 되었다.

밤에는 글을 쓰고 낮에는 일과 육아를 하며 지내던 어느 날, 박완서 작가의 일생이 기록된 책을 읽어보았다.

"아내 혹은 엄마는 개인이 아니기 때문에 가족을 챙기는 것 이외의 개인적 욕망을 가진 아내 혹은 엄마는 종종 이기적으로 비친다. 그러한 규범을 박완서도 알았기에 남이 뭐라 하기 전에 미리 '철저하게 이기적인 나만의 일'이라고 선수를 쳤는지 모른다."
— 양혜원, 『박완서 마흔에 시작한 글쓰기』, 책읽는고양이

박완서 작가는 다섯 자녀를 양육하고 가족을 챙기며 글을

썼다. 감히 박완서 작가님에 비할 바는 아니지만 어떠한 상황에서 글을 썼을지가 무척이나 공감되었다. 또 마흔이 넘어 독서와 글쓰기에 매료된 내 모습에서 박완서 작가가 본격적으로 글을 쓰기 시작한 마흔이라는 나이가 어떤 의미인지 알 것 같았다.

집안일과 자녀 양육의 몫이 남아 있는 마흔에 글을 쓴다는 것은 지금도 철저하게 이기적인 나만의 일로 여겨지는 것 같다.

아직도 엄마는 개인이 아니다. 박완서 작가가 '철저하게 이기적인 나만의 일'을 언급한 지 50년이 넘은 지금도 엄마는 책을 읽고 글을 쓰는 시간의 한 귀퉁이에는 죄책감이 묻어 있다. 아이들을 돌보고, 직장생활에 무리를 주지 않도록, 나의 컨디션이 좋은 밤을 활용하자고 결심했던 내가 떠올랐다. 그 후로 지금까지 나는 박완서 작가처럼 아이들이 잠이 든 밤 10시부터가 글을 쓰는 나만의 시간이 되었고 습관으로 잡혔다.

아이를 양육하며 직장생활을 병행하는 워킹맘인 지금 나의 상황에서는 절대 미라클 모닝은 없다. 미라클 나이트만 있을 뿐.

남들이 아무리 미라클 모닝으로 성장과 변화를 꿈꾼다고 한들,

나는 나에게 맞는 나만의 길을 찾아 나서고자 한다.

4

태어나려는 자는 하나의 세계를 깨뜨려야 한다

<여백의 뜰>

푸르른 하늘
더 푸르른 초록
더더 푸르른 잔디

여백도 기다렸지
봄이 오기를

내일도 목련하렴

매일 책을 읽은 후 SNS로 인증하는 독서 인증 챌린지에 1년 넘게 참여했고, 초등교사들을 대상으로 한 독서 인증 챌린지도 만들어 매달 회원을 모집하기도 했다. 매일 30분 이상 독서하고서 남긴 짧은 감상문을 한 권씩 완독한 후에 개인 블로그와 인스타그램에 올리기 시작했다. 어떤 목적이 있어서 독서 후의 감상평을 올리는 것은 아니었다.

'흩어지는 말과 순간을, 의지를 잡아 놓는 게 글이다.'라는 말로 박웅현 작가는 『문장과 순간』이라는 책에서 책 쓰기와 글쓰기를 강조했다. 나 또한 내가 쓴 짧은 감상의 조각들을 그냥 흘날려 버리기 아쉬운 마음에 인스타그램에 올리기 시작한 것이다. 나만의 특별한 형식이 있었던 것은 아니고 책 사진과 일기 형식의 감상문 몇 줄이 다였다. '그저 평범한 내 글을 누가 보겠어?'라는 생각으로 하나씩 올리기 시작했다. 꾸준히 올리다 보니 누군가 '좋아요'를 눌러 매번 10개 정도의 하트가 꾹 눌린 흔적이 보였다. 점점 '좋아요' 하트가 아주 미미하게 늘어났다.

어느 날은 인스타그램에 'ㅇㅇㅇ 님이 댓글을 남겼습니다.'라는 알람이 울렸다. SNS의 초보자이자 불통자인 내 인스타그램에 누군가 흔적을 남긴 것이다.

> 우리나라에 번역 출간된 고전문학 중 전영애 교수님이 번역하신 민음사의 『데미안』이 가장 많이 읽히는 책이라고 하더군요. 여주 걸은리에 전 교수님이 운영하시는 여백 서원에서 몇 년 전부터 전 교수님의 지도로 『파우스트』와 『서동시집』 등을 읽는 독서 모임을 하고 있습니다.
>
> 답글 달기

당시 민음사의 『디 에센셜 헤르만 헤세』 책을 읽고 피드를 올렸는데 그 피드를 본 이웃분이었다.

코로나 팬데믹이 시작되고 어린 남매가 뛰어놀 공간이 없어서 급하게 시골 땅에 집을 지었다. 그곳이 경기도 여주였고 근처에 헤르만 헤세의 『데미안』을 번역하신 전영애 교수님이 살고 계신 거였다. 게다가 전영애 교수님은 본인의 자택이자 서원인 '여백 서원'에서 '맑은 사람을 위하여, 후학을 위하여, 시를 위하여' 무료 독회를 진행하고 계셨다.

좀처럼 SNS로 소통하지 않고 가끔 일기 같은 짧은 글을 올렸을 뿐인데 좋은 이웃이 댓글을 남겨 주시고 좋은 정보를 주셔서 고맙다고 대댓글을 달았다.

내일도 목련하렴

전영애 교수님이 지금은 이탈리아에 학회 참가차 부재중인데, 연말에 귀국하시면 독서 모임을 이어갈 계획입니다. 관심 있으시면 소식 전해드리겠습니다.

답글 달기

좋은 이웃께서 기꺼이 독서 모임에 관한 소식을 전해 주시겠다고 하여 무척 감사하다는 말씀을 전하고 주로 주말에만 여주에 머무를 수 있다는 개인적인 사정도 말씀드리면서 소식을 기다렸다.

어느덧 시간이 흘러 연말이 되었고, 이웃께서는 나를 포함한 몇 분이 주말 독회를 기대하고 있다는 요청을 받아들여 주었다고 했다. 게다가 전영애 교수님께서 월 2회의 주말 독회를 흔쾌히 해주시기로 하셨다.

얼마 뒤, 연락처와 첫 모임 날짜를 다이렉트 메시지로 보내주셨고, 그렇게 여백 서원에서 진행하는 괴테 〈파우스트〉 독회 모임에 참가할 수 있었다.

우연치고는 너무 좋은 우연이 아닌가? 무기력증을 극복하면서 매일 책을 읽어야겠다고 결심하고, 인스타그램에 읽은 책들을 짧게나마 기록했더니 내가 읽고 있던 책의 번역가와 만날 기회, 아니 그분과 독서 모임을 할 기회까지 닿게 되었다. 꿈만 같은 일이었다.

내 앞에 주어진 하나의 문을 두드리니 그 문이 열렸고, 그 앞에는 또 다른 여러 개의 문이 있었다. 하나하나 눈앞의 문을 열고 나아가니 새로운 세상이 열릴 준비를 하는 것만 같았다. 이번에 열게 될 문은 어떤 세상일까? 온갖 우울감과 무기력의 바다를 헤매던 내 모습이 교차하며 감사한 마음이 먼저 떠올랐고, 그 감사의 상대는 독서였다. 책을 읽지 않았다면 좋은 이웃이 내 피드에 관심을 두지 않았을 것이다.

기쁜 마음으로 모임이 열리는 날을 기다렸다. 첫 시간에는 여주 근처에 사시는 스무 명 남짓이 여백 서원에 모였다. 전 교수님께서는 두 시간 동안 괴테의 『파우스트』에 대한 오리엔테이션을 해주셨다. 전영애 교수님께서 번역하신 『파우스트』는 읽어보지도 않은 채 근처 도서관에 있는 오래된 『파우스트』 번역서를 대출하여 들고 갔다. 오래된 『파우스트』 책을 보고 있자니 정말이지 까만 것은 글씨고 누런 것은 종이였

내일도 목련하렴

다. 『파우스트』를 읽어본 적도 없고, 괴테의 책을 그다지 탐독하지 않았던 나는 무식이 철철 흘러넘치는 듯했다.

부끄러운 마음으로 전 교수님의 강의를 감사히 들었다. 『파우스트』에 대해 배경지식이 전혀 없는 터라 교수님의 오리엔테이션은 너무도 재미있었다. 화장지가 물을 흡수하듯 나는 모든 지식을 쫙쫙 빨아들였다. 앎의 욕구가 마구 채워지는 것 같았다. 먹지 않아도 배부른 느낌이랄까. 왜 그토록 그동안 모르고 살았던가. 눈물이 날 지경이었다. 번역가님의 해설을 직접 들으니 더없이 좋았다.

만족의 미소를 머금고 있는데 총무를 뽑아야 한다고 했다. 서로 둘러앉아 자기소개 시간을 가지고 보니 구성원 중에 내 나이가 가장 어렸다. 마흔 중반의 내 나이가 막내라니, 다른 북클럽에서는 내 나이가 최고령이었는데 말이다. 속으로 웃음이 나왔다. 마흔 중반인 내 또래들은 다들 어디에 있는 건지 궁금하던 찰나에 나는 자연스레 총무를 맡게 되었다.

게다가 여백 서원의 산 너머에 사시는 이웃 부부께서 전영애 교수님을 도우며 지내시는데, 바로 그분들이 나의 인스타그램의 친구 '인친'이었던 것이다.

독회의 오리엔테이션이 있던 그 주에 KBS 인생 다큐 〈인생 정원〉이 방영되었다. '전영애 교수님, 여백 서원, 괴테, 파우스트'에 대한 여운이 남아 있던 나는 그 다큐를 보며 길출판사에서 새로운 표지와 번역으로 출간한 『파우스트』를 주문했다. 원문의 느낌을 그대로 살리며 독일어와 함께 실린 책 두 권을 들고 매월 두 번의 모임에 참여했다.

그해 봄이 가고 여름이 오고 가을이 되었을 때 전영애 교수님께서 꿈꾸시던 괴테 마을의 일부인 '젊은 괴테의 집'이 완공되었다. 〈파우스트〉 독회는 여백 서원 뒤편에 있는 젊은 괴테의 집에서 계속 진행되었다. 다시 겨울이 왔을 때 조촐하게 졸업식을 하며, 무식이 철철 넘쳐흘렀던 내 모습은 간데없고 1년의 숨결만큼만 마음이 충만해진 중년의 내가 보였다. 괴테를 알기 전과 괴테를 알고 난 후의 나는 아주 조금은 달라졌을 테고, 『파우스트』를 읽기 전의 나와 읽은 후의 나는 다음의 두 문장만큼은 이해할 수 있게 되었다.

"인간은 지향(志向)이 있는 한 방황한다."

"어두운 충동에 사로잡힌 선한 인간은 바른길을 잘 의식하고 있다."

내일도 목련하렴

일정이 모두 끝나고 교수님께 따로 여쭈어보았다.

"바쁘신 와중에 어찌 저와 같은 사람을 데려다 괴테의 글을 함께 읽어 주시는지요?"

"착하게 잘 살라고요."

아, 교수님 말씀처럼 착하게 잘 살아야겠다.

이후로도 교수님께서는 괴테의 〈서동시집〉 독회를 열어주셨다. 여전히 나는 여백의 뜰을 거닐며 괴테의 '극복'하는 삶의 태도를 열심히 배우고 있다.

"새는 알에서 나오려고 투쟁한다. 알은 세계이다. 태어나려는 자는 하나의 세계를 깨뜨려야 한다. 새는 신에게로 날아간다. 신의 이름은 아브락사스."

나를 여백의 뜰로 이끈 헤르만 헤세 『데미안』의 무척이나 유명한 구절이다.

선과 악이 공존하는 신, 아브락사스에게로 날아가기 위해
나는 오늘도 신발을 신고 뜰로 나간다.

5

읽는다는 것과 쓴다는 것의 조화

내일도 목련하렴

<조화>

죽단화

황매화

죽단화

황매화

황매화

죽단화

누가 누군지 모르게

잘도 섞여 피었다

변화와 균형을 갖추고 피었네

예술의 기본을 아는구나

누가 죽단이고 누가 황매니?

누가 언니고 누가 동생이니?

목소리까지 어쩜 그리 비슷하니?

누구 하나는 싫어할 소리인지

둘 모두 좋아할 소리인지

아무도 모르지

죽단화와 황매화

둘이 꼭 붙어 핀 걸 보니

꽤 친한가 봐

언니랑 나도 나이 들어 친했는걸

내가 귀찮게 졸졸 쫓아다녔지

죽단화가 먼저 핀 걸 보니

네가 언니구나

둘이 함께 피니 더 아름답네

너무 아름다워서

죽단화라는 이름을 알았고

황매화라는 이름을 기억했지

둘이 함께 있으니

너희를 잘 알게 되었지

정세랑 작가의 『시선으로부터,』에서 주인공 심시선은 독서를 좋아하는 며느리 난정에게 글을 쓰라고 조언한다. '뻔뻔하다면 누구든 글을 쓸 수 있다.'라고 말하며.

신형철 작가의 『인생의 역사』에서는 이 책은 이제 막 태어난 자녀에게 바친다며 책의 서두에 글을 쓰는 의미에 대해 말했다. 떳떳한 아빠로서 말이다. 이 두 책을 읽으면서 내내 생각해 보았다.

'나는 뻔뻔한가?'
'나는 떳떳한가?'

이런 물음을 나에게 던졌을 때 '지금의 나는 뻔뻔하지도, 떳떳하지도 않지.'라는 대답이 들려 왔다. 오히려 그 반대로 수많은 죄책감, 반성, 자기 검열 등으로 가득하다고 내 마음이 말했다. 그래서 쉬이 글을 쓰는 것, 더 정확히 말하면 내 글을 공개한다는 것에 대한 두려움이 있었다. 그 두려움이라는 감정을 더 자세히 들여다보면, 사실 부끄러움에 가깝다고 말하고 싶다. 뻔뻔하지 않은, 부끄러움으로 가득 찬 내가 어떻게 글을 쓰고 그 글로 책을 낼 수 있었을까? 그 이유를 몇

내일도 목련하렴

가지로 정리해 보았다.

　첫째, 치유의 글쓰기이다.

　언제나 장밋빛 미래를 꿈꿔온 내가 40대에 우울증이 오리
란 상상을 했을까? 전혀 그려보지 못했던 모습이다. 호기심
이 많고 취미도 많았던 내가 아무것도 하기 싫은 지경에 이
르렀을 때, 나 자신이 무척이나 낯설었다. 앞으로 어떻게 우
울의 난관을 헤쳐 나갈지 고민하는 과정에서 '내가 살려고'
글을 쓰기 시작했다. 나와 같은 경험을 한 무수한 여성들과
또 앞으로 나와 같은 경험을 하게 될 사람들에게 작게나마
위로가 되고 싶다고 생각했다. 내 이야기를 나누면서 글이라
는 매개로 그들의 이야기도 듣고 싶었다. 나를 치유하고 나
아가 누군가를 치유하는 것이 글을 쓰는 첫 번째 이유였다.

　둘째, 글로 수다를 떤다.

　생각이 많은 나는 하고 싶은 말도 참 많은데, 주변 몇 사람
들과 계속 수다를 떨 수 없는 노릇이었다. 그들이 과연 내 이
야기가 재미있을까? 매번 비슷한 이야기가 흥미 있을까?

　무엇보다 말을 많이 하고 온 날이면 후회와 부끄러움이 늘

엄습했고 가끔은 하지 말아야 할 아주 개인적인 이야기도 하면서 내 얼굴에 먹칠하는 날도 잦았다. 푼수처럼 내 이야기를 잔뜩 쏟아내고 집으로 돌아오는 날이면 1차로 문고리를 잡고 후회했고, 2차로는 자려고 누운 침대 위에서 이불킥 하기 일쑤였다.

'그래, 내가 하고 싶은 이야기는 말로 하지 말고, 글로 쓰자.'

누가 읽든 아무도 읽지 않든 그건 중요하지 않다. 다만 수다로 스트레스를 풀어야겠고 그 상대는 블로그, 이면지, 일기장, 그 어디라도 좋았다. 그렇게 하고 싶은 말을 끊임없이 토해내며 적자생존[5]의 길을 걸었다. 그래야만 했다. 그것이 내 정신건강을 위한 첫걸음이었다.

셋째, 작가가 되기 위해서다.

딸을 낳고, 내 딸이 먼 훗날 작가가 되었으면 좋겠다고 생각한 적이 있다. 우리네 어머니나 할머니들이 흔히 '내 살아온 인생을 글로 쓰면 몇 권은 나올 것이야.' 이런 말씀을 많이 하신다. 누구나 그렇듯 자신에게는 글로 쓸 이야기가 참 많

---

5)   적는 자가 살아남는다는 우스갯소리.

다고 생각한다. 나도 그러했지만 딱히 글을 쓰는 재주가 없었다.

어렸을 적 나는 독서보다는 그림을 좋아하는 아이였다. 언제나 취미는 글보다 그림이었다. 도서관보다 미술관에 가는 것이 더 즐거웠다. 초등학교 때는 사생대회에도 참 많이 나가고 가끔 상도 탔다. 경제적 독립을 하고 처음 한 것도 수채화를 배우러 화실을 등록했던 과거를 돌이켜 보면 그림에 진심이었다. 그러다 워킹맘으로 직장과 집안을 누비며 그림과도 멀어졌을 뿐 아니라 글과도 멀어졌다.

이젠 화가나 작가의 길과 훨씬 더 멀어졌는데, 어찌 작가가 되겠다고 생각했을까?

〈파우스트〉 독회의 첫날, 여백 서원에서 전영애 교수님의 말씀이 인상적이었다.

"여기는 자력갱생입니다."

누구에게도 의지하거나 묻지 않고, 부엌에 들어가 스스로 물도 떠 마시고 여백 서원 안팎을 둘러보고, 책도 둘러보라는 의미에서 교수님께서 하신 말씀이다. 그 말씀은 '스스로의 힘으로 살아가자.'라는 메시지로 강렬하게 다가왔다. 누군가에게 의지하고 싶고 선택에 따른 결과로 누군가를 탓했던 지난날이 떠올랐다.

딸에게 작가라는 무거운 짐을 지우는 게 아니라 내 이야기는 어찌 되었든 내가 써야 한다. 쓸 자신이 없으면 노력하면 되지 않을까? 말콤 글래드웰의 『아웃라이어』에서 제시한 '1만 시간의 법칙'처럼 많이 읽고 많이 쓰는 삶을 10년 동안 산다면, 타고난 작가는 못되어도 내가 쓰고자 하는 이야기는 글로 옮길 수 있지 않을까? 내 능력을 키우자고 다짐했다.

전영애 교수님의 말씀에서 '내가 아이들에게 바라는 인간상인, 주체적인 인간이 나부터 되겠다.'라고 결심했다.

넷째, 인간이 필멸자라는 데 있다.

누구나 죽음 앞에서는 공평하다. 고로 나는 언제 죽을지 모른다. 괴테의 『파우스트』 1장에 이런 글귀가 있었다. 'Ars longa, vita brevis' 너무나도 잘 알려진 '예술은 길고, 인생은 짧다.'라는 강렬한 글귀다. 나의 인생은 짧지만, 내가 이루어 놓은 무언가는 내 인생보다 더 길게 남을 것이라는 말이 내가 써야 하는 이유 중 하나였다. 유명하지 않고 지극히 평범한 사람인 나의 글은 많은 사람이 읽진 않아도 적어도 단 한

내일도 목련하렴

사람에게는 닿겠지. 또 내가 죽어서도 내 가족에게만은, 나의 아들과 딸에게만은 의미가 있을 것이라는 기대로 오늘도 쓰고 있다.

다섯째, 글 쓰는 재미를 알았다.

공자의 『논어(論語)·위정(爲政) 13』에 이런 말이 있다.

'지지자불호여지자(知之者不好如之者) 호지자불여락지자(好之者不如樂之者)'

무엇을 아는 것은 좋아하는 것만 못하고, 좋아하는 것은 즐기는 것만 못하다.

일정량의 글을 날마다 쓰니 글 쓰는 습관이 생겼고, 그 자체가 재밌고 즐거웠다. 산책하다가 문득 글감이 떠오르면 멈춰 서서 휴대전화 메모장에 적었다. 아이를 기다리는 몇 분, 친구를 만나러 가는 전철 안에서의 몇십 분을 독서와 글쓰기로 채웠더니 어떤 글이라도 술술 나오기 시작했다.

'고기도 먹어 본 사람이 먹는다.'라는 말은 흔히 들을 수 있는 말이다. '글쓰기도 써 본 사람이 쓴다.'라는 의미로 확장할 수 있다. 책 쓰기를 해 본 사람만이 출간의 성취감과 즐거움이 무엇인지 알게 된다.

출근 준비가 일찍 끝났을 때 5분이 남는다면 책을 읽는다. 사람을 만날 때에도 약속 시간에 30분 일찍 나가면 여유롭게 기다리며 30분의 독서 시간이 생긴다. 해야 할 일을 다 끝났는데 1시간 정도의 시간이 빌 때면 노트북을 꺼내어 글을 쓴다. 5분, 10분, 30분의 여유시간이 주어질 때는 독서를 하고, 1시간 이상 나만의 시간이 생기면 글을 쓰는 원칙을 스스로 정해 놓았다.

틈틈이 쓴다는 다짐으로 '필승' 대신 책상 앞에 '틈필!'이라는 두 글자를 진하게 써 두었다. 이렇게 일상의 빈틈 사이에 독서와 글쓰기를 넣었더니 하루를 무의미하게 흘려보내는 일이 줄어 들었다.

무엇이든 계획을 철두철미하게 짜놓고 움직이는 성향이 아니라서 의미 없이 떠나보내는 시간이 많았는데, 빈틈 사이를 메우게 되며 알찬 하루를 보낼 수 있어서 일상에 감사와 뿌듯함이 자연스레 깃들어 갔다.

둘레길을 걷다가 노란 꽃들이 활짝 피어 있는 것을 발견했다. 처음에는 분명히 한 가지 노란빛이었는데, 며칠 새 조금 다른 빛의 꽃이 어우러져 피어 있었다. 처음 보는 꽃들이라 스마트폰의 렌즈를 돌려보며 검색했다. 죽단화와 황매화이며, 죽단화는 겹황매화라고도 한다고 했다. 산이나 들에는 둘이 함께 피어 있는 경우가 많은가 보다. 서로 조금씩 다른 노랑이 자매처럼 조화로워 보였다.

책 읽기와 책 쓰기도 마찬가지다. 많이 읽는 것 자체는 공부와 성장에 무척 좋은 일이나, 읽기만 하는 것보다 쓰기를 병행하면 더 큰 시너지가 있다고 생각한다.

읽는 것과 쓰는 것을 조화롭게 행하며
읽고 쓰는 삶을 계속 이어가고 싶다.

6

돌연한 출발, 내 안의 얼음을 깨뜨릴 시간

<돌연한 출발>

땅에서 하늘로 오르는 거리
하늘이 땅과 맞닿는 거리
그 간극을 느끼며
돌연히
시작한다
무어라도 좋다
무어라도 되겠지

새로 근무하는 학교는 교실 복도 창문에서 김포공항이 한눈에 보인다. 하루에 수도 없이 복도를 걷는다. 학교에만 있어도 만보기는 바쁘다. 하루 오천 보는 거뜬하다. 복도를 걷다가 창밖 풍경을 보면 이륙하는 비행기와 마주친다. 그럴 때마다 땅이 아니라 하늘길을 걷고 싶다는 충동이 일기도 한다. 점점 작아지고 멀어지는 지구의 모습을 알면서도 막상 보게 되면 또 새로울 테다.

같은 국공립 초등학교지만 지역과 학교마다 시스템이 약간씩 다르다. 교직에 몸담은 지 20년이 지났음에도 불구하고 새로운 학교는 모든 게 낯설다. 학교에서 맡은 업무도, 학년도, 학급도 낯선 상황에서 매일 도장 깨듯이 일 처리를 해나간다. 특히나 학기 초에는 시간적인 여유뿐 아니라 심적인 여유조차 없다. 심지어는 화장실 갈 시간도 없어서 부랴부랴 퇴근할 때쯤 '오늘 한 번도 화장실에 가지 않았구나.'라는 것을 깨닫는 건 부지기수다. 교사 대부분이 만성 방광염을 앓고 있다는 것은 비밀도 아니다.

이 바쁜 일과 중에도 교사들은 끊임없이 배우고 모인다.

학생의 교내 동아리 활동이 있듯이 교직원도 관심사에 따라 교내 동아리를 조직한다. 교내 메신저를 통해 연구부장이 교직원 동아리 활동 계획에 관한 안내문을 보내며 언제까지 동아리 활동 계획서를 제출해 달라고 부탁한다.

대부분 교사는 배우는 것을 좋아하다 못해 사랑한다. 하지만 일과 시간 중에 동아리 활동이 가당키나 할까? 쏟아지는 업무와 수업 준비, 생활 지도, 학부모 상담에 이르기까지 돌아서면 할 일들이 수북이 쌓여 있는 곳이 학교다. 누군가 나서서 동아리를 조직하고, 모임을 이끌어 주면 좋으련만 모두가 바쁜 학교에서는 누구에게 부탁하기도 미안한 일이다. 더욱이 새로 옮긴 학교는 규모가 작은 학교여서 개인이 맡은 업무량이 무척 과중했다.

물론 교직원 동아리 활동은 자율이다. 의무나 강제성이 없기에 원치 않으면 하지 않아도 된다. 동아리 활동 말고도 교사들은 '전문적 학습 공동체'라는 이름으로 월 2~3회 정도 일정 시간 모여서 연구하고 공부하는 시간을 갖기 때문에 자율 동아리 활동에 시간을 할애할 교직원은 많지 않았다.

담당 교사는 다시 한번 메시지를 보냈다. 내심 누군가 독서, 독서교육, 글쓰기 모임 등을 이끌어 주면 좋겠다고 생각했지만, 선뜻 나서는 사람은 없었다. 누가 주체해 주신다면 참여할 의사가 다분히 있는데 말이다. 끝내 아무도 나서지 않았다.

'그래, 마냥 누군가 차려 놓은 밥상만 얻어먹을 게 아니라 이제는 내가 맛있는 밥상을 차려야 할 때인 것 같아.'

혼자 이런 생각을 하다가 담당 선생님께 찾아가 상의드렸다.

"교내에서 책을 매개로 한 동아리 활동을 하고 싶은데, 혹시 계획서를 제출하신 분이 있나요? 아니면 기존에 계속 이어져 오고 있는 독서 모임은 없나요?"

"몇 해 전에 책을 좋아하시는 특수학급 선생님이 계셔서 책 모임이 있긴 했습니다만, 다른 학교로 전근 가시면서 독서 모임이 없어졌어요."

그 특수 선생님을 뵌 적이 없지만, 순간 그분이 몹시 그리웠다.

'책을 좋아하시는 분과 같은 공간에서 책 이야기 나누면 좋

내일도 목련하렴

을 텐데, 그리고 그분이 주도적으로 이끌어 주시면 나는 가볍게 참여하기만 하면 될 것을…….'

못내 아쉬운 마음이 들었다. 얼굴도 모르는 분을 그리워하다니, 누군가의 빈 자리가 아쉽다는 건 한 사람의 베풂이 고스란히 전해진다는 의미다. 그동안 남의 덕을 많이도 보고 살아왔는데, 마흔이 넘은 나이에도 남의 덕만 보고자 하는 내 못난 마음이 보였다.

'참 못났네. 그래 그럼, 내가 한번 만들어 보자. 별거 있나? 지금까지 해온 책 모임 리더들의 모습을 보며 교내 독서 동아리를 만들면 되겠지.'

무언가를 시작할 때 나는 때로 가벼운 마음으로 접근한다. 못할 게 뭐 있냐며 도전했다가 무참히 또는 처참히 망하거나 그만두는 경우도 많지만, 시작은 언제나 가벼웠다. 약간의 용기를 내어 교내 메신저에 메시지를 띄웠다.

안녕하세요. 교직원 여러분!

"한 권의 책은 우리 안의 얼어붙은 바다를 깨는 도끼여야 해."

도끼 같은 책을 함께 읽고 나누려고 합니다.
교내 독서 동아리에 관심이 있는 분들은 이번 주 금요일까지 쪽지 부탁
드려요.^^
평화로운 오후 보내세요.

프란츠 카프카의 단편집 『돌연한 출발』을 읽고 있었던 터
라 책 속 한 구절을 인용하며 수업이 끝난 오후 시간을 활용
하여 교직원 모두에게 메시지를 전송했다.

한 분씩 답장이 오기 시작했다. 금요일까지 기다리니 15학
급의 규모의 학교에서 8명의 교직원이 지원했다. 혹여 아무
도 연락이 안 올까 봐 미리 옆 반 선생님을 우선 섭외했다. 평
소 친하게 지냈던 도서관 사서 선생님께도 말씀을 드려 놓았
다. 두 분 모두 흔쾌히 동아리 가입 의사를 전해 주셔서 내심
든든했다. 그렇게 8명의 교내 독서 동아리 책 모임 〈도끼〉가

나로부터 시작되었다.

앞에 나서서 책임지고 이끄는 것에 익숙하지 않은 내가 작은 모임이라도 이끌어 보자고 힘을 냈다. 힘을 내기까지 주변의 도움을 많이 받았다. 얼마 전까지 인생의 바닥을 헤맸던 나에게 한 발짝 앞으로 내디딜 힘을 길러 준 건 책과 사람이었다. 이젠 내 안에서 원동력을 찾아 책 모임을 이끌어 보겠다는 것은 나에게 있어 크나큰 성장이고 변화이다.

무기력과 우울증에 빠져 있던 순간에는 아무 생각이 나지 않는다. 내가 할 수 있는 게 무엇인지도 모른 채 우울의 바다에서 허우적거리다 더 깊게 빠져들 수도 있다. 이젠 우울의 바다가 아닌 내 안의 얼어붙은 바다를 깨려 한다. 도끼 같은 한 권의 책으로, 나 혼자가 아닌 연대의 힘으로 이겨내 보련다.

비행기에서 아래를 내려다보면 저 멀리 바다가 보인다. 먼데 바다를 볼 게 아니라 내 안의 바다를 먼저 들여다보자.

그러고 나서 얼어붙은 마음의 바다를 깨며 당당한 걸음으로 나답게 나아가자.

인생을 마주한 시간

자투리땅을 보고 그냥 지나치지 못한다.

무어라도 심어야 한다.

아름다운 봄날을 보고도 그냥 지나치지 못한다.

무어라도 찍어야 한다.

새로 부임한 학교 주차장 옆 구석에는 조그만 땅이 있다. 몇 년간 방치된 땅에 잡초가 무성하게 자랐다. 자투리땅을 보고 그냥 지나치지 못하는 나는 무어라도 심어야겠다고 생각했다. 주차장 옆 자투리땅에 심기에는 감자와 고구마가 제격이다. 몇 년간 시골집 텃밭에 농사를 짓던 노하우가 있어 땅만 봐도 안다.

학급 아이들과 잡초를 뽑았다. 비료도 주고 이랑도 만들어

드디어 씨감자를 심는 날이 되었다. 씨감자 심기 이론 수업을 하고 바로 텃밭으로 갔다. 아이들은 씨감자를 하나씩 들고 배정된 자리에 앉았다. 왼손에는 씨감자, 오른손에는 모종삽을 들고 고랑에 앉아 10cm 깊이로 흙을 파내고 감자를 정성껏 심었다.

씨감자 심기를 완수한 후, 아이들과 흙 묻은 장갑을 탈탈 털고 교실로 돌아와 〈감자꽃을 보려면〉이라는 국악 동요를 들었다. 내친김에 이문구 시, 백창우 곡의 동요 〈감자〉도 불러보았다. 점점 감자에 빠져드는 분위기에 우리도 '감자 심은 날'이라는 주제로 시를 짓기로 했다.

아이들은 그 자체로 시인이라더니 생각지도 않게 멋진 시가 잔뜩 나왔다. 그중에 기억에 남는 시 한 편은 이렇다.

제목 : 감자의 인생

잡초를 캐고 비닐을 덮어 놓은 뒤
흙을 파고 씨감자를 심은 뒤
자라난다 감자가. 그리고 집으로
가져가서 찐다. 감자를 사람의
입 속에 넣는다. 감자의 인생은
이것으로 끝이다.

무언가 직관적이면서 심오한 철학이 느껴졌다.

4학년 어린이가 오 분 만에 지은 시지만, 자세히 들여다보면 깊이가 있다. 감자를 심기 위해 잡초를 뽑고 비닐을 덮고 씨감자를 심었던 장면을 떠올리며 글을 써 내려간다. 그러다 평소에 먹던 찐 감자가 생각났던 모양이다. 그렇게 감자의 인생은 우리 입속으로 들어와서 끝나지만, 사실 감자의 처음은 땅을 다지고 김매기 하는 그 순간부터였던 거다. 아니, 새로 부임한 선생님이 주차장 옆 자투리땅을 발견하면서부터 감자 인생의 시작을 맞이한 것일지도 모른다.

감자의 인생과 우리네 인생이 비슷하다. 어찌 보면 사람의 인생도 땅속에 들어가면 끝이다. 너무 허무한가? 우리 반 남학생이 투박한 연필로 일필휘지해 놓은 시 한 편에 담긴 감자의 인생도 얼핏 보면 이리 허무하다. 그 끝만 본다면 허무하다고 할 수 있다. 혹자는 이렇게도 말할 수 있다.

"감자 먹으면 끝인데, 그냥 사 먹어요. 사 먹는 게 싸겠네."

스스로 직접 잡초를 뽑고, 내 입으로 들어오는 감자의 끝을 맞이하는 일련의 과정을 경험하고 즐기지 않는다면 대체 무엇을 위해 감자를 심는단 말인가? 마지막에 맛볼 포슬거리는 감자의 담백한 그 한 입을 위해서일까?

'걷기'도 마찬가지다. 스스로 내 두 발로 땅을 딛고 걷다가 자연 만물도 구경하고, 꽃 사진도 찍어보고, 오늘 있었던 일도 되돌아 보고, 산길을 헤매어 보기도 하고, 처음 보는 길을 용기 내 걷기도 하고, 가로등을 호랑이 불빛으로 착각도 해보는 이 모든 과정을 즐기지 않는다면 그저 하루 1만 보를 채우는 걸음에 크나큰 의미가 있을지 생각해 본다.

여전히 자투리땅을 보고 지나치지 못할 테고
어김없이 오는 봄날의 풍경도 지나치지 못할 테다.
여지없이 그렇게 날마다 걷다가 머무를 테다.
누가 뭐래도
오늘도
나는
나답게 걷기로 했다. 꽃피는 봄날에,